珍弄

胡刚刚　著

陕西新华出版
太白文艺出版社

图书在版编目（CIP）数据

珍弆 / 胡刚刚著. -- 西安：太白文艺出版社，
2023.9
ISBN 978-7-5513-2426-7

Ⅰ. ①珍… Ⅱ. ①胡… Ⅲ. ①散文集－中国－当代
Ⅳ. ①I267

中国国家版本馆CIP数据核字(2023)第129873号

珍弆
ZHENJU

作　　者　　胡刚刚
责任编辑　　姚亚丽
特约策划　　苏爱丽
特约编辑　　张　赛
装帧设计　　马　佳
出版发行　　太白文艺出版社
经　　销　　新华书店
印　　刷　　三河市龙大印装有限公司
开　　本　　710mm×1000mm　1/16
字　　数　　120千字
印　　张　　13.5
版　　次　　2023年9月第1版
印　　次　　2023年9月第1次印刷
书　　号　　ISBN 978-7-5513-2426-7
定　　价　　58.00元

CONTENTS

CONTENTS

Chapter One

第一章

七年祭日

我在你的歌声里穿行，穿过一幕幕
被重播键激活的场景
那些上锁的日记、夹着汉语拼音的诗句
那些掉落在键盘上的心跳，还有
用圆珠笔写在手心的
你名字的花体英文缩写

我知道，我走不进你的现实，所以
只好用心记住，你走进我的
每一个梦境。可思维拦不住
肢体的苏醒。在如童年般凋零的美好里
你比清晰要模糊、比熟悉要陌生
比临近要遥远的身影，旋转成
霜辉下翩翩起舞的风信子。而我
从阿波罗悲恸的泪水中
看到了自己不朽的故情①

好像一片昏迷的羽毛，划过月表
结冰的湖面，摇动了广寒宫深处
静静燃烧的雪香扇
我用十二年的努力，换来一纸录取函
踏上单程越洋航班，只为离你更近一点
岂料祝祷还未超载，尘缘
已经冷却。即使与时间逆行
我也没能赶上，走近你
现实的那天

---

① 古希腊神话中，太阳神阿波罗在痛失挚友植物神海辛瑟斯之后，将从
海辛瑟斯的葬身之地破土而出的紫色花朵命名为风信子。

离别，或从未相见
七年前夏至的悬麻雨
把我的记忆戳出了洞，洞里翻滚着
雨露凝结成的图钉，和比遗忘
更冷的灼痛

我想钻进隐藏在温跃层^① 的潜艇
对声波消失带嘶吼
想象力捕捉不到的秘密
也许直到黑色的曙光焚烧了蜡香
令温度变得柔软，才能够稀释
我正在异裂的奢望

我奢望在你的歌声里一直穿行
穿过霆曦中眨眼的彩虹、闪电下沉睡的山谷
穿过荒原上跳华尔兹的雪花，和霞晕里
丛丛羞红的梅树

我按下慢放键，走向下一个七年
不论光路回转，还是蜃景弥漫
我都会走向无常时空中
你永恒的笑脸，去兑现
老去后还爱你的诺言

_____

① 温跃层是海下薄暖水层与厚冷水层之间温度急剧下降的薄层。此处声源的传播速度由于在两个方向上同时减少，而制造出一个声波消失带。潜艇沿温跃层运动，可以避免被侦察出来。

寻 觅

　　百结依然出现在我梦里，依然是儿时的模样，身穿前襟绣有石青色"V"字纹的宽大校服，领口露出的酡红编绳上挂着家门钥匙。

　　他的家，我只去过一次，为了看迈克尔·杰克逊（Michael Jackson，别名 MJ，下文称迈克尔）的音乐短片《他是谁》。他向我炫耀他自创的"百氏太空步"，浑身关节扭作布朗运动。他说这首歌节拍真难找，等咱们以后去迈克尔的演唱会，要仔细看看人家怎么跳。

　　那年我俩刚满 12 岁。

　　他的无心之言令我心动过速，类似泛函分析中的卷积概念——他对迈克尔的狂热度以线性累加的方式持续作用于我，构成我日臻峰值的幸福感。迷恋迈克尔与暗恋百结，是互为独立的随机事件。我并非爱屋及乌，唯视与青睐的人志同道合为生命中不可多得的亮色。可惜我没意识到，参与运算的函数事先历经了翻转，带给我拥有未来的错觉——置身当下的我拥有的，不过是曾经的未来而已。

2009 年，迈克尔离世的前夜，百结步入我梦里，毫无征兆地开口："我在你生命中存在了很久，现在是道别的时候。"夏至被盲风妒雨锈蚀得悲寒彻骨，我恸哭到醒来却不知缘由，十几小时后，才从铺天盖地的新闻中，获悉了此生最不愿面对的噩耗。

繁华落尽，万念皆空。或许梦境的毁灭过于鼎沸，当现实来袭，我表现得极度沉默——数日守瓶缄口，数周茶饭不思，数月不闻流言。直到数年后的今天，我想我应该能以相对温和的笔调写出一些文字，写给曾以为时间能疗伤的我，写给不再被时间更改的爱。

是的，没有什么能改变我的爱，包括不曾奢求的爱本身。只是此刻，我仍旧无法完整倾听《他是谁》而不落泪，每次暂停，都是我断肠的哽咽。迈克尔从未将此曲带上过舞台，百结与我也早已天各一方。歌词"Cause the will has brought no fortune"（因为那誓言从未带来好运）预示了现实——将来时可以无关意愿，无关诺言，无关福祉，可以无关助动词而唯指遗嘱，一个代表终结的名词。我原以为故事尚未开始，开始意味着万般可能，却不知幻灭也是可能的一种，它让我在迟于太迟的时刻恍悟，一切皆无可能。

一切皆无可能。

1995 年 8 月，小学五年级暑假尾声。蝉的绝唱在落叶植物轻度衰败的橄榄绿中渐入佳境，我收到父母至交周叔叔出差带回的激光影碟《危险之旅：短片合辑》。狗国王、恐龙头骨、孔雀、小丑、金属管道……封面上幻象纷纶的马戏团面具后，一双汇聚高光的褐瞳从至清至净的深处望向我，以亚秒级响应速度，绘出比任何省略都深赜、比任何感叹都慑愕、比任何转折都锋利的既视感。是错觉吗？还是直觉？疑惑，惶灼，莫名的期待，像即将满溢却无从破译的咒语，不是它传递了什么，不是它传递的方式，它的致命如同它本身，来自梦境之外，操纵关于梦的一切。星火穿越竹叶草蝶翼状的孔隙，鸣奏微小醉人的噼啪声，我感到自身某些属性即将被修改，或者正在，已经，被修改。

我不知道那是惊动爱的引力。当轰雷掣电的余波层层消散，我从混沌中苏醒。穹宇连同定义完美的绝对阈值越升越高，越推越远。灵空尽头流光飞舞，那双眼睛的主人清逸翛然，以素为绚。

之后的日子是迷幻的，潜意识自动分配给意识想迈克尔的比例。每次想念，袖珍的礼花都会从胸腔深处喷涌，暖流冲撞四肢百骸，将感官呈数倍放大。铅笔盒盖上写遍他的歌名，课间，我伏在桌上，借噪声掩护，一首接着一首唱下去。枕套里藏有他的照片，入睡前，我对他默念我的晚安、他的早安，用微颤的指尖吻他被镜头定格的脸。他的魔力像撤除比例尺的地图，辽阔到覆陷寰宇，幽微到牵引心弦。学业繁重的童年，即使考试挤满课表，我的颦笑间也释放着自发跃迁的能量。笼罩在他的天籁下，我像暖巢里初生的候鸟，绒毛浸透烟虹的华髓和未知的灵性，既不会在凌日过半时，错把羲阳当作新月，也不会在玄度将满时，多虑断奏的年轮是否錾刻了万古万物迁徙过久的疮痕。

了解过经典，才会感到平庸；体会过高超，才会识别粗劣；目睹过长青，才会叹息短暂——双眼睁开过，才不愿再合拢。迈克尔的伟大超越了艺术本身，与他的人格相比，他的艺术只是他所创造奇迹的一部分。珍重这份情感，也盼望有人分享，可与同龄人提及，换来的总是茫然。组成他们反馈环的，是晚间黄金时段热播剧中的檀郎谢女。我的爱慕，是他们的天书。

那时候我转校不久，同学们的"见面礼"让我应接不暇，今天一打绰号，明天一顿狠揍。迈克尔的音乐是我复原的解药。冷笑和嘲笑十面埋伏，百结送来第一个微笑。排路队时，他拍拍我的书包，应激反应下，我反手摘掉他的小黄帽，进入下一回合作战状态。他无防备的眼神让我不知所措，我不由得松开拳头。随意的游戏中，我们熟悉了彼此——同爱画水粉、素描，同迷动漫《天空战记》《北斗神拳》，同买膨化食品"奇多"、收集赠品奇多圈，同住一个社区……巧的是，周叔叔一家居然与他为邻——这条我通过周叔叔获悉他近况的间接渠道，后来成了唯一渠道。

与百结的交谈不存在压力，偏向严肃的讨论随时欢迎插科打诨，前话未完，后话已为彼此知晓。意见相左不妨碍相似相溶，再锋利的入侵物，经过打磨，也能重生为灵蚌最强光泽度的珍珠，一如对窗的镜子对称了窗外，《镜中人》降临闭合平面里的自然界，安然若素，翻倍①《埃斯塔克的房子》所拓展出的立体主义美学。

---

① 《镜中人》是迈克尔·杰克逊1987年的歌曲，主旨是"温暖"——若想让世界变得更美好，先从审视镜中的自我，改进自我开始。《埃斯塔克的房子》是立体主义运动创世者乔治·布拉克的油画。他以独特的方法探索自然外貌背后的几何形式，压缩画面的空间深度，使景物呈现出介于平面与立体之间的视觉效果。这里的"翻倍"指想象中视觉之美与听觉之美的融合：当一幅立体主义画作出现在歌曲里的"镜中"，欣赏者对美感的体验是翻倍的。

一次，英语老师批评我不带课本，目无尊长，丝毫不容我辩解：科代表头天通知改课，正值我做值日出门倒垃圾的空隙。坚不可摧的钻石怕遇高温，天真无邪的孩子怕受冤枉。我像等待最后一根稻草压来的骆驼。千钧一发之际，百结举手，起立，打破全班 38 名见证者的默然，寥寥数语，帮我昭雪。他的举手之劳令我感动，他尔后的一次次举手之劳，将我的感动皈向依赖。我决心无条件捍卫他对我的友善。

依赖的终态，定封于某天课间操解散后，他高喊了一嗓子 "Hee-hee！ Ooh！ Go on girl！（嘿，加油女孩儿）"。我怔住了，"迈克尔的《你给我的感觉》"脱口而出。他也怔住了。紧接着，我俩同时尖叫，不顾周围同学呆若木鸡——这个场面，在我上中学后读到"众里寻他千百度。蓦然回首，那人却在，灯火阑珊处"的瞬间生动再现，像截取自天堂的海市蜃楼，够不到，道不完，散不掉。

可惜，他与我的区别在于，他的心头鹿撞是单线的，因为我是迈克尔的粉丝，我的心头鹿撞是双重的，因为我喜欢的人是迈克尔的粉丝。他的另一条线，在他看来不露声色，在我看来显而易见地拴缚在班花身上。他偶尔向我发泄对班花求而不得的怨气，我以调侃式的宽慰来压制听觉系统的消化不良，用被信任的自豪来麻痹被称兄道弟的失落。达人知命，云淡风轻——我无时无刻不提醒自己，教育自己，安抚自己，欺骗自己。

生日那天，我鼓起勇气邀请百结到家中庆祝，为避嫌，还邀请了周叔叔的比我大两岁的儿子晓远。吃蛋糕的时候，晓远问我："你刚才许的什么愿？"百结插话："肯定是以后去美国看迈克尔。"我腆然一笑，反问晓远："你的生日也快到了，想好愿望了吗？"晓远不假思索："当然是天天玩游戏机。""胸无大志！胸无大志！"百结高喊。然后不知谁把蛋糕糊了谁一脸。我们笑作一团。

那是我最开心的生日。

几周后，母亲从冲印店取回我心心念的照片。照片上，我笑得肆无忌惮。母亲指着一张说，看看你的牙，里出外进；又指着一张说，看看你吹蜡烛的样子，佝肩驼背；再指着一张说，看看你唱歌的时候，缩头缩脑。24张照片，一张张指下来，一张比一张令我难堪。我懊恼自己糟蹋了同百结合影的机会。母亲的警示像集束炸弹，地毯式轰炸我的记忆库。漫天飞舞的碎片上，回放着无数我不加修饰的举止。我惊恐万状，发誓挽回形象。从那以后，我一靠近百结，就挺胸收腹，压低音量，笑不露齿，可我越来越不敢直视他的眼睛。俯拾即是的后悔，导致了更多后悔正在生成，讨厌过去的自己，讨厌现在的自己，我怕他依旧记得，我怕他将会记得。

还有比这更徒劳的纠结吗？孤儿行星不知道，自己早在诞生时期就已被所隶属的星系抛弃。冰冷苍茫的流浪中，它必须具备浓密的大气层，才能尽量保留丧失公转权力前获得的余温。它的黯淡，足以使它躲过除重力微透镜法之外的全部观测手段，更别提引来有众天体簇拥，还要忙于追随超大质量黑洞的恒星的垂怜了。

春节随父母去周叔叔家做客。大人们在客厅谈笑，晓远被游戏机绑架。我无所事事，踱进书房。骤减的光源加强了我的视觉戒备，目光扫过书架上种类繁多的心理学读物、写字台上倒扣的《梦的解析》、墙角里一摞半人高的旧杂志，最上面一本，标题是《音像世界》！暗语解锁密室里中性偏冷的狂野，世界就此暂停。喉咙紧绷，咽不下胶状的氧气，我像荒漠中探测到水源的掘井人，挽袖跪坐，投入开采，逐字逐句，挑出涉及迈克尔的期号，哪怕他的名字只现身一次。从正午到傍晚，我忘了揉麻木的脚趾、酸涩的眼睛，只为恶补他改写的流行乐史。我为什么没早点知道他？我有限的生命，我与他生命难得重合的更有限的生命，被我荒废了多少？临走时，父母颇费周折找到我，怪我不懂开灯保护视力。我不接周叔叔的压岁钱，双手握固，一字一顿地说，我只要这些杂志。

从不缺环环相扣的理由，我有优渥的倔强来寄养骄傲。倘若饥不择食，任何印刷品都逃不出我大脑高速运转的关键字搜索机制，就算最渺茫的区域，如古色古香的中国书店，随便一个带间隔号的人名翻译，都能惹我亢奋。某次看望祖母，我瞥见桌角报纸露出半个粗体的"迈"字，条件反射抽出来，定睛一看——"迈向全民健康"。祖母忍俊不禁："你怎么对《中国老年报》这么感兴趣？"

因为我在为迈克尔做剪报，凭我私家侦探般的洞察力，捕获每一条有关他的线索。原来情绪可以如此强烈地聚集在视网膜、鼓膜和声带，连思想也被麻醉成了情绪的傀儡，任喜怒哀乐的粒子们暂停，打散，重组，弹指迫降，造就天神克洛诺斯无法用时空操纵的气场。它们龙行四海，见证四海潮生，它们叱咤风云，叩拜风云人物。

早期的《当代歌坛》杂志附赠一本 32 开的海外乐坛近况报道，其中多半内容关乎日韩，剩余来自欧美，为了欧美篇幅中可能出现的与迈克尔沾边的只言片语，我期期不落地购买。月初临近，途经信报亭，我开启视神经中枢的全频雷达探测器，从上到下，从左到右，实行高分辨率扫描，一旦定格目标，便是一个箭步，一把抄起，一页页翻看，每翻一页堪比刮奖的兴奋，严重滞后了报摊主埋怨我"尸位素餐"带来的羞愧，奈何我屡教不改，干脆另起炉灶，投奔全年订阅。

去宣武公园的路上，我瞄到街边小卖部里整墙的明星照，闪身踏入，不出几秒，搜出迈克尔拍摄《真棒》音乐短片的剧照。我装模作样扯了几张其他艺人的，再摘下迈克尔的，混在一起付款。店主和我搭话，我听不清她说什么，耳朵里驰骋着匹敌倒数开考铃声时的心跳，它越来越密集，越来越响亮，催促我在泄密前，赶快逃离现场。

王府井精彩无限音像店里，嘈杂中忽隐忽现的节奏主宰着我的腿脚，把我牵到被人群里三层外三层包围的大银幕前——《黑与白》。"这是迈克尔的歌吗？"有个声音问。"是！"四周高高低低的面孔齐刷刷转向我。不敢相信是自己接的话，还以如此高的分贝，我血涌前额，双腿绵软，直直盯着影片画面，避开抛来的目光，仿佛这个"是"字，消耗掉我过半的元气。

与百结参加市区绘画比赛，一路讨论专辑《历史：过去、现在和未来（第一辑）》，感慨除迈克尔外还有谁能一气呵成唱下来《地球之歌》里一百多个 C5 高音，猜想如果《莫斯科的陌生人》的音乐短片处理成做旧的、卡通的、晶格化的、油画纹理的，效果会怎样。我给他讲《小苏茜》取材于真实悲剧：苏茜的母亲吸毒成瘾，父亲患病入院，姐姐车祸身亡，祖父对她长期施虐。最终，她被入室抢劫的歹徒残害。"看在上帝的分上,看在她动听歌喉的分上,看在有人想感受她绝望的分上,当意识到憧憬破灭,此生将逝,你呼号,却无人听到……一个人经得起多少祈愿的回绝……致命的漠视像灵魂中的匕首",翻译歌词的时候,我几度停顿,总算忍住泪水。轩檐下控诉的风铃、灯影中密谋的浮尘、花丛中蛰伏的怨恨……迈克尔,倾听灵魂的圣者,我们只能看到美丽,而他能看破丑恶,看到丰饶后的贫瘠、巍峨下的深渊,并且无所畏惧,替弱势发声。百结安慰我别哭:"只有迈克尔能写出这样凄美的歌……愿苏茜安息。"

与百结分享我对迈克尔的珍藏,我珍藏对百结的遐想。有次我缠着周叔叔讲故事,他面露难色地说故事基本都是忧伤的,因为快乐可以独享,忧伤才需要分享。我不同意,说不能被分享的快乐不是真正的快乐,不能被分享的忧伤,才是真正的忧伤。他一愣,说你这么小,懂的还不少。

因为我有亲身体会啊,周叔叔,但我不能与你分享。对我来说,不能与人分享的忧伤,超过故事本身的忧伤。

我为迈克尔写过很多诗句,写完总删掉,因为难以降温的抒怀把爱转录得太简陋。时常下意识模仿他的签名,草稿纸上、习题册末页、卷子背面,最多的一次,我连续写了 207 遍。对褒义词和形容词怀有天然敬畏，我想，等我有足够信心临摹主观感受，并且不为仿品所气馁的时候，会再度尝试。

倒是为百结写过一篇散文《冰冻记忆》，当年写得字斟句酌，现在看来敷衍了事，长焦镜头捕捉到的场景逐一陈列，脱离了时间主轴，拼成我敝帚自珍的专线：

"他脖子上挂着一串钥匙。课间操做跳跃运动，一听到后面叮当作响，我就知道是他，总装作不经意回头瞟，扑空了，也会脸颊发烫。

"上课时，前排的他会突然转过身，举着迈克尔的音乐短片《颤栗》里面群魔乱舞的剧照冲我坏笑，左眉一挑，就把我的心挑到喉头，给我数秒失重的感觉。

"他擅长绘画，我是宣传委员。一次画黑板报，我要他帮忙给板书打格。他把直尺竖在面前当麦克风，上身前倾，右脚打响拍子，连连打嗝，表演完毕，扬起下巴，眨下左眼：'打嗝，非迈克尔的痉挛唱法莫属！'

"他挥笔构图的时候，我习惯观察他的侧脸，看阳光掠过耳轮和发梢，沿着他令人妒羡的睫毛，勾勒淡金的光泽。粉尘零星飘落，点亮半透明的阒静。他低垂的眼睑上，毛细血管蔓延出迷宫般的樱桃红。对我而言，他是薄荷糖王国里烂漫的小王子，羽佩所及，碧空如洗。

"可惜，他心中的公主不是我。他喜欢班花，一个卷发披肩、长裙及踝、舞姿撩魂的女生。每逢他望着班花出神，我胸口就像压了石头。嫌弃自己的外表，我常躲进厕所对着镜子练习微笑，直到唇角抽搐，视线模糊。无法让他喜欢我，我只有努力考上全市最好的中学，让大家记住我，让他记住我。"

毕业前的岁末，他送我一张贴满亮片的天蓝色贺卡，史努比环抱的棉花糖云朵托起他端庄的字迹：祝你新年快乐。他告诉我："班里唯独你，年年送我贺卡，所以我把最漂亮的给你。""谢谢。"我说。我还能说什么呢，那阵子传言他送给班花的贺卡被原封退还，他为此愁得吃不下午饭。我想安慰他，百结，你送我的贺卡，不管里面写了什么，我都留一辈子，我会给它包上透明书皮，不让亮片脱落，我会把我写给你但不会交给你的信夹在里面，然后把它们一起锁进抽屉。要我如何告诉你呢，百结，我也曾濒临崩溃。无损的雪花、冰凌、皮影戏、胭脂色雾气、霓虹、肥皂泡中太阳的真身，那些华丽却不复现的琐物如凌迟般折磨着我。说不清让我着迷的是它们还是你，但你不会知道它们给我的悲戚。

可我不敢说，我怕揭人伤疤，怕说了非但无济于事，还会沦为笑柄。"谢谢你。"我重复了一遍，双手接过贺卡，垂下眼皮，转身走开了。

不久后，学校布置优秀毕业生橱窗。我提交的照片是父亲趁我写作业时抓拍的，他喊我，我扭头，快门按下。选这张，与其说是因为我表情自然，不如说是因为台灯旁竖立着有迈克尔封面照的《真棒》唱片。得意于自己的小伎俩，我天天追踪橱窗布置进展，发现跟百结的照片并排，喜不自胜，刚扬起嘴角，身后飘来班花的说笑声，几秒后，声音渐远。我回头望去，班花步步生莲，与校足球队队长并肩畅谈，他们身后，跟着噤若寒蝉的百结。

鼻子一酸，保持上扬的嘴角接住一颗泪，又苦，又涩，又咸。

后来，我如愿考上全市最好的中学。百结报考的学校不足以匹配他的实力，面对老师的疑问和劝导，他坚持己见，说家近是宝。数月后，母亲递给我当期《北京晚报》："咱家隔壁中学的艺术团上报了，这个，是不是你小学班里爱跳舞的女生？"照片上练习软开度的女孩们一字排开，不看镜头的班花，是摄影师圈定的焦点。

我早该猜到的。

从此以后再没见过百结，我偶尔听母亲转述周叔叔的见闻，说百结书房的灯没在凌晨两点前熄灭过，说百结经常在上下学路上捧着课本，眉头紧锁，边走边复习。拢共几步路，还分秒必争，至于吗？周叔叔不解。

我理解。中学伊始，战役打响，昔日的辉煌洗牌，多少次拿自身长项与人抗衡，败北后才发现对手亮出的只是短板。在中高考标准化试题的洗礼中，生存之道等同于休眠特性，雪藏野心，赶在分数排名践踏尊严前，适应群体中优先级最低的位置，像信封书写顺序——国家、省、城市、区、街道、门牌，最后，才是姓名。疲倦裹挟的姓名笔画潦草，不配享有优质待遇。

资源短缺下的竞争格外残酷。除非鳌头独占并以绝对优势领先，才有可能自保。否则实力越接近孙山之流，越容易因节外生枝的变故被淘汰出局，如学分权重的调整，或者临时安插的加分规则。不甘居中游的人，要有足够敏锐的嗅探器来窃取屈指可数的机会，同时又要表现得与世无争。

当意识到"知己"成为稀有物种的同义词，崇尚单纯的我备受打击。即使为友谊拉钩上吊一百年不许变，也无法避免一个假期后的渐行渐远渐无书。我有过名义上的挚友，不过我不在意跟她说过什么，更不在意因说过什么对她产生依赖感，反正无论我说过什么，她都不记得。她像所有对我视而不见的人一样，给我足够的时间知难而退。可我仍然感谢她，至少她愿意与我拉钩上吊。很多人行动起来远不及动口时那样动人，更多的人，口都懒得动。

　　一次大考发挥失常后，我听到电台里播放迈克尔的歌曲《童年》："没人理解我……人们说我怪异，因为我迷恋孩子迷恋的东西，那是对我缺失童年的补偿，那是我的宿命。"旋律之轻与歌词之重的反差，击垮了我强撑的强硬。不胜我执的负荷，怨自己迎合不上命运女神云谲波诡的笑容，到底什么是永恒，是否不永恒才是唯一的永恒？我幻想时光倒流，假如只有三次机会纠错，我要如何崭露锋芒，才能让百结注意我，接近我？我幻想与他偶遇，假如只有 10 分钟共处，我要抛出什么样的话题，才能让他重视我，欣赏我？我可以花好几个小时构思，细致到每句对白的停顿、每个表情的变化。然而，除了幻想，我找不到联系他的理由，我甚至害怕偶遇他，因为我戴着牙齿矫正器，即便不开口，颧肌、笑肌和口轮匝肌动起来的样子也滑稽透顶。也许穴居中的遥望给我舒适感，就像看到与迈克尔在舞台上零距离接触的 YANA 女孩 ①，我真心为她们高兴，也真心为自己悲哀，我没有嫉妒的底气、争取的勇气，更没有中奖的福气。

---

　　① 　每次迈克尔·杰克逊演唱《你并不孤单》，会有一位女观众被选中上台，与他互动。YANA 是歌名 You Are Not Alone 首字母的缩写。

恒星遥远，光影流转，如同隐居雾阁的神明。我愿做迈克尔的行星、矮行星、小行星、彗星，乃至肉眼不可见的星际物质，只要能一直绕他旋转。而百结，我想做他的内卫星，既能与他比肩而行，又受洛希极限的制约无法更近一步。我的引力将对抗他的潮汐力，使我们之间容不下飞刀，也容不下苹果，从而保持着婴孩式的洁净。

也许客观距离反比于主观期望属于常态，一分想念作用于迈克尔，我也满足，因为他一无所知；十分想念作用于百结，我也不满，因为他同样一无所知。高中毕业后，我得知百结考上了北京大学。喜讯像竞技场上扬声器扩散的新纪录，引来祝贺的同时，还引来不甘。我上行之路强有力的挑战中，百结，一度是我的标杆。

霜降时节，居所禁不住热带风暴突袭，开始无规律渗漏。我陪同维修工检查外墙，阳光轻晃，将我的眼睑压向草坪上渐冻的落叶。棕绿、枯黄和深褐半明半暗地堆叠，雨水一丝丝渗进泥土，仿佛即将析出的过饱和溶液。光的结晶无所不在，却无从追捉，视线每聚焦一点，亮色都在别处闪倏。暗影凹陷中僵卧的蚯蚓、蠕行的蛞蝓、残破的蝉壳、断裂的蜂翅，连同纹路精密的苔藓和色泽鲜明的蕈类，构成我盲区中雌雄同体的微观密林。

多美啊，邻居种植的浅粉色山茶花整朵整朵掉落，像冥币一样，覆盖了草叶沉积的骨殖。充血的琼苞盛开在将死的季节，心再寒，也拒绝凋谢。

想起游玩哥斯达黎加目睹过的、上百只长鼻浣熊浩浩荡荡穿越窗前棕榈林的奇观，父亲作为奇观的组成部分，自始至终睡在绳网吊床上，对身畔发生的一切，浑然不觉。

烟火流绚，通解累世迷暗，我擦肩而过，与你毫不相干。

从初中到高中，逐渐有同学知道了迈克尔。仿佛看到隧道尽头的光，我按捺不住欢愉，与她们分享所爱，谁知他的名字一出口，便被嘲讽切断："你怎么喜欢那个怪人？莫非你也是变态？"一次，两次，大大小小的白眼，堵死了我的万语千言。

原来，我以为的生机，是把我拖回死寂的诱饵。希腊神话中勇闯地府营救亡妻的奥菲斯，看到来自人间的微光后放松了警惕，忘记冥王的叮嘱"不许回头"，转身望向妻子。顷刻间，妻子堕入黑暗，永不得返。奥菲斯肝肠寸断，躲入色雷斯岩洞，直到气绝。

欲速则不达。重置心态的方式，莫过于回到迈克尔的音乐中，汲取唯我所能体会到的宽慰与斗志。上大学后我有了手机，蓝屏翻盖，小巧得能当项链。我摸索出它的作曲功能，键入《他是谁》副歌简谱加双声道伴奏，设置成来电铃声。盼望来电，又拖着不接，心血来潮时，我会故意用座机拨打自己的手机号，寂静中，手机屏幕荧光亮起，来电挂件感应器炫彩闪映，机身弧线随着响彻胸口的旋律振动，最后，一切重归寂静。宿舍同学说，你的铃声真好听。我轻描淡写道："哦，迈克尔·杰克逊的歌。"

2006年5月，传言迈克尔有意观光上海。粉丝俱乐部成员们夜以继日，为谁能独占他唇枪舌剑，较量各自创作的绑架案剧本，示威爱的排他性。情节巨细无遗，描绘活色生香，气势咄咄逼人，栖居另一个频道的我深感力不从心，悄悄退出讨论。爱无关所有格——我未曾张贴的观点，会被当作叶公好龙吧。记得互联网普及前，我靠新闻上"有骨无膏"的判词和自身局限的常识，笨拙、朴素又机械地与他共情——他结婚，许多粉丝遗憾，我为他雀跃；他离婚，许多粉丝雀跃，我为他遗憾。我无条件跟随他的光，因偏振遭到过质疑："你对他不是真爱。"真爱是什么呢？真爱逃得出等级制度吗？假设振动的传播方向一致，那么由质点运动特性所决定的横波或纵波，是否也有高下之分？我百口莫辩，只得闭口不言。

多希望身旁能有百结，携我找回只有我俩熟悉的语境，用来畅叙幽情。不必斟酌戏谑、粉饰异见、佩戴

22

假面，米开朗琪罗如是说："多么空虚的灵魂，才会无视赤足胜过鞋履、肌肤美过衣装的事实？"可我碰不到百结的替身，哪怕仅仅是刻木为鹄之人。分别越久，与他在梦中的交谈就越合拍，我又执拗地想，这样的交谈务必在梦里进行，除非我破茧成蝶。

然而，迈克尔，我即使在梦里也没见过。只有一次，他几乎要露面：演唱会上，我被人山人海围困，推挤，双脚悬空，如水赴壑。我抻长脖子，睁大眼睛向舞台张望。香霞斑斓，滚烫的尖叫声震落漫天彩蝶的粉末，霄凡模糊一片。什么也看不到，什么也看不到，我动弹不得，呼吸困难，急得大哭，猛地醒来。

泪水浸湿了枕头，周身是空荡荡的黑暗，我找不到迈克尔，也找不到自己。

"我想为你摘一朵酝酿在一百光年外的紫罗兰，为你点一束刻着温暖谜语的仙音烛。我沿途留下履迹千万，唯在离你一步之遥的角落停滞不前。我想耽溺于暂时的永恒，在永恒的溪流中变成一株北堂萱。永恒在哪里寄宿，是未卜的将来，还是夭折的昨天？"

那篇《冰冻记忆》，我将优雅维持到收尾："我知道，我可以创造与他的重逢，但我怕即使求来一面，也求不来缘分，即使夙愿得偿，也得不到完满。"事实上，留美工作后，2010 年，我还是找到了百结。在他重现我梦中的次日，我视其为我重现就绪的暗示，打开搜索引擎，输入姓名和毕业院校组合，他的信息显示在社交平台首位。我毫不犹豫注册了账号，犹豫再三，向他发送了添加好友请求。

他会登录吗？会看到吗？会接受吗？如果没有回音，我要如何继续尝试，才能得到明确答复？如果他通过请求，我要怎样革新他记忆中的我，还原我记忆中的他？我要告诉他，我反感见证物质需求借成熟之路步步为营的现实，助燃性再强的敛获也比不过我对他的怀念，我愿意用今朝全盘荣誉换来与他少量的往昔，哪怕只是非正式复述中删芜就简的模拟。我不想经历成长的结果等于一个接着一个的失去，我失去了迈克尔，我不想再失去百结。

周末，百结通过了我的请求并发来问候，语气中大概有意外，大概有客气，大概有好奇，我不记得，只记得他对好友公开的相册里，一页页翻不到尽头的结婚照，照片上的新娘没有自来卷，可眉梢眼角全是当年班花的翻版。

子夜的表针乱了方阵。近似虚空的沉寂中，耳鸣突如其来，不亚于丧钟声的悠长和尖锐，在我假装入定的魂胆上垂钓，在我凝华后的气息中，刺开冰的裂痕。多么冷酷的嘲笑啊，笑我们这些连命运初劫都逃不脱的人。我应该道谢他的不忘之恩，14 年过去了，他还是那样友善，友善到不忍心怠慢儿时无姿无色、无勇无谋的玩伴。我夫复何求？

5 分钟后，我注销账号，买下 5 小时后去洛杉矶的机票。我要去看迈克尔。

奇怪，我做过的最即兴最任性的决定，全与迈克尔相关。2005 年 6 月 13 日，得知他在娈童案审判中终获清白，①我推开卧室窗户，把米老鼠枕头奋力掷向后院空旷的草坪。那一刻，我的喜悦小于疲惫，疲惫小于愤怒，愤怒小于悲哀。漫漫五个月，我目睹了他鼎力相助过的人是怎样露出人为财死的无餍，窜上法庭做伪证，诪张为幻，上演《农夫和蛇》；我目睹了不明是非的群众是如何被深谙"恶事传千里"的小报轻易误导，随风而靡，墙倒众人推。欲加之罪，何患无辞？莫须有即可。

"有些朋友像影子，阳光普照时，你才能看到。可我的粉丝，即使在黑暗的日子里也支持我，我欠他们一切。"迈克尔的肺腑之言令我昼吟宵哭，我恨事态何以至此，恨自己无能为力。所有伤害他的人，不论直接还是间接，你们知不知道，你们伤害的人曾说过："让身处四方的我们为了共同的目的，把这个星球变成幸福与理解的天堂。没

---

① 迈克尔两次被诬陷猥亵男童，分别在 1993 年和 2003 年。

人应该受苦，尤其是我们的孩子。"他凭一己之力捐助了39个慈善机构，作为支持慈善机构最多的流行歌星，入选2000年吉尼斯世界纪录；他经历了1993年娈童诬告的重创，却仍向求助于他的孩子们敞开梦幻庄园大门；他因错过与患绝症的小歌迷的最后相见而整夜哭泣，把她为他编织的红绳戴在手腕上长达十年之久；他痛恨杀生，宁可断食也绝不吃荤；他在舞台上看到一只小虫后暂停表演，要求保安把它转移到安全处。这样的人，你们缘何伤害？凭何伤害？从何伤害？你们丢了判断力和同理心，难道连良知也丢了吗？

世纪审判后，迈克尔的健康状况急转直下，化妆师凯伦·费伊坦言迈克尔一度消瘦到肉眼可见心跳凸出肌肤。圣贤向善，换来的却是心碎。他的心碎，让我无法不彻悟"善恶之报，若影随形"是理想主义者的自我安慰。恩将仇报的源头之一，是人性的贪婪。

痛，我感到痛，那是无法用任何度量衡界定的痛，是如上古凶兽蛊雕的巨喙刺穿皮肤、割断肌腱的痛，是髂前上棘碎裂后，殷红的骨髓缓缓渗出的痛，是五脏六腑被生吞的过程中，鲜血弥漫眼睑的痛，是毅力难以抗拒、智谋无可缓解的痛。想到如此之痛与迈克尔的痛比起来不足挂齿，我更加痛到无以释泪，只求患上顺行性遗忘症，好摧毁受的本体来架空施的靶标，与痛的源头同归于尽。

有多少苦难，本不应为迈克尔所蒙受！他的美好，有多少人不配拥有！

飞机上，邻座橘发男孩俯首微晒，他点满青春痘的侧脸在我余光里闪动。想起中学校园里，操场边缘的沙地上，我用树枝写下"I love MJ"（我爱迈克尔·杰克逊），赵世炎烈士像背后的草丛里，我用石块拼成"I love MJ"，遍布数学公式的黑板上，我用板擦画出"I love MJ"。积雪的车窗、结雾的玻璃、蒙水珠的书桌、带蒸汽的镜子……所有能留下指痕的平面，我都留下"I love MJ"。专辑《万夫莫敌》发行后，我天天放学冒着被教导主任撞见的风险，在教学楼里晃悠，看到空教室就溜进去，在黑板正中标写："大家快去买迈克尔·杰克逊的新专辑《万夫莫敌》。"自习课做英语高考模拟题，隔壁班传来一曲《拯救世界》，我脑中自动重播1993年超级碗演出现场，完形填空答错了一半。每周一次去劳技教室上课，我坐同样的位置，在桌面上用铅笔写迈克尔的歌词，《怒吼》《D.S.》《金钱》……直到有人在下方留言："谁的歌？"我回复："迈克尔·杰克逊，流行音乐之王。"然后，不再回那个座位。无所谓谁能读到，如果他对迈克尔闻所未闻，那么我愿做他的启蒙者；如果他对迈克尔的态度摇摆不定，那么我会消除他的投杼之惑；如果他对迈克尔抱有偏见，那么我陈述了事实，也不屑于他的立场。迈克尔的名字，14 个字母，我用藏蓝色马克笔写在胳膊外侧，一出家门和校门就高高撩起袖子，在街道上、公交车上、地铁上，目不斜视，一路展示。我用蹩脚得匪夷所思的手段，隐蔽、固执又猖獗地公布我的爱。被作业考试压榨得近乎窒息的日子里，我凭无伤大雅的小额度叛逆，垄断了客观标准外的全数维度。

2008 年 8 月 29 日，我接到人生第一份兼职录取通知——"计算机体系结构"研究生课程助教。怀揣精心准备的社会安全号码申请文件，我推开费城市社会安全局大门，刹那间，坠入了歌曲《比利·简》汹涌袭来的鼓点中。震惊，眩晕，如破笼腾飞的雏鸟用啼啭打落缤纷翎羽，献来延迟的振奋，原来等候大厅里正在播放为迈克尔庆生的电台特辑。想到当天日期即将印在我的社会安全卡上，印在我的名字下面，我忍不住对左右的人微笑，对吸顶灯装饰柱和桌椅微笑，对落地窗反射出的街道微笑。遥远的汽车经过，车灯与行人的对视在斑马线上闪烁。花旗松、石雕、商店招牌、国旗、宠物猫……各色景物的切入与淡出都无比轻盈。那一刻，我忘记身处何方，不顾举止形象，我放任迈克尔给我的反常，我觉得我是上苍的宠儿。

从来不是他的疯狂粉丝，我有我疯狂的方式。

　　从亨茨维尔到洛杉矶，6小时的航程，滴水未进，不曾合眼，我毫无察觉。橘发男孩跟我攀谈，说他来看望一学期没见面的女朋友，我说你真幸福，我来看望一辈子没见面的迈克尔。话音未落，泪止不住下落。他蒙了，忙安慰我："别难过。迈克尔一直都在，他一直在那里等你。你每次想他，他都知道。相信我，我也失去过亲人。振作起来，一切都会好的。"

　　一切都会好吗？我的华韶、牵念、寄托、戚眷，我有生之年不可缺失也无可替代的片段。曾以为我坚强，和诋毁他的网友争吵，我不哭；和取笑他的同学怄气，我不哭；和贬损他的同事断交，我不哭；可此刻，我再也控制不住。我如此弱小，在这个迈克尔走后注定会更加悲伤的世上，写着一些改变不了什么的文字，它们像星云，壮观之下皆为尘埃，部首需要搀扶，音节全是嘘叹。无法驾驭失掉支点的无力感，我紧握剑柄，眼睁睁看着护阵的冰刃消缩，融化，滴落，无声无息，湮灭于紫陌红尘。

　　有次画黑板报，我一进教室就收到百结致辞："欢迎迈克尔的中级观众。"我问什么算高级？他说当然是到美国去看他。我说我会的。他说加他一个。一言既出，驷马难追啊，百结，怪我步伐太慢，抵达太晚，蓝图中原本的三人，谁能经得起等待？置亿众于股掌间的上帝，凭什么偏偏带迈克尔离开？难道天使必须受难，才能成全神祇对世凡的惩戒？难道芭蕾舞鞋必须旋转，才能在痛到极致下引爆美的震撼？黑白失衡，主角缺席，晴昼封缄……一个被攻陷、洗劫、焚烧、废弃的伊甸园，还有什么值得我留恋？

正午，福乐纪念公园，冬青露台。紧闭的双开门外，我遥望迈克尔近在咫尺的安眠。玻璃上有半干的唇印，石阶旁有半折的卡片，草丛里有半散的丝带，树荫下有半开的杜鹃，它们来自如我悲伤、比我悲伤的同伴。百结，15小时时差外的你，有无半分类感？

静肃在呼吸间蔓延，渲染扑朔迷离的桃花雪，创造力因缺氧陷入死循环，整整4小时，"我爱你"是我能想到的一切。站在他门外，累了，就靠在石墙边，再累了，就坐在台阶上。君主斑蝶在马缨丹的异香里翩跹，杏雨梨云的九霞裙间脂粉飘零。我听到隐约的抽泣镶嵌在被虹光折叠的风里，像耳语，像虫鸣，像格局精微的交响曲，吞吐若即若离的水泡音——它滑进肤腠、舒展、充盈，纳入甬路、花木、车辆、建筑……再逆序排出，回缩，从毛孔挥发。星流影集，一棵松塔落在脚边，令悬浮的泪珠打起寒战。我弯腰，捡起这件长满钻石形眼睛的礼物，握紧它翡翠色的目光。多角的质感植入手心，滞留片刻，又细密膨胀，它有影子吗？有质量吗？有温度吗？或许，它本身就是虚无？那个下午极短，也极长，极近也极远，似乎因我而至，也因我而去，幽灵之吻回旋飘散，舒开双掌，指尖闪耀着沾满枫糖浆和麻醉剂的寓言。

很长一段时间，我不知如何描述陪伴迈克尔的感觉。无数次，我提笔又放下，玄香干涸，螺纹纸空置如故，直到后来翻阅《大智度论》，佛家三法印赫然入目……

涅槃寂静。

"This Is It。"① 就是这种感觉。

回家后，我把松塔放进心形巧克力盒，摆在床头。过了几个月，松塔变成降调的琥珀色。减去百结的日子，我一如既往上班，写作，画画，养玄凤鹦鹉，听迈克尔的歌。

"什么年龄做什么事，不要玩物丧志。"面对长辈催婚，我不以为然——玩物丧志者，不玩也没志；玩物不丧志者，玩即失志；不玩物不丧志者，未必鲲鹏得志。可我沉默，偶尔随声附和，只为换来不受打扰的生活。"惟沉默是最高的轻蔑。"一直以来，我从未停止过寻找。

---

① 《就是这样》是在迈克尔·杰克逊去世后发行的音乐纪录片。该片讲述了迈克尔生前最后阶段包括去世前两天内，为即将举行的演唱会彩排的录像，以及他和朋友们合作的故事。

分解辉彩，延缓惊艳——我以为逐级递进的自宣方式可以过滤掉缺乏耐心的异性，不幸的是，它过滤掉了全体异性。谁让功利心如此普遍，有本事不想用和没本事不能用殊途同归，都是没用。没用的缘由世人没心思深究，除非它作为成功秘籍的噱头。谁让荷尔蒙如此短命，连我以为脱俗的百结，也早早尘埃落定。尘埃落定的主语给过我多少希望，就给了我多少失望，对他的失望，是将我徘徊在半成品状态的悲观主义压铸成型的充分条件。

"找爱你的人，比找你爱的人幸福"，此类告诫从没溜进过我的耳朵，因为它们残酷的预设比违背它们导致的结局更能刺痛我——有人爱你。倘若不管怎样都将被忽略，那又何必假设，何必妥协？对"女性即弱者"的观点满怀敌意，我想要足够强大，强大到即使无法俘获所爱，也不介意为此付出精力。爱情像分寸适度的精神分裂，经历了太多错过，才明白智者为何要主动出击，主动撤离。

又是一年。处暑。邻居花园新栽的素心茑萝正值盛放，高脚碟状的花冠探出绸质蔓生茎，星星点点，闪射胭脂色的柔软。多么精美的私有财产，仿佛诱人采撷的包镶戒指，我望着它们，唱起歌曲《铭记那一刻》："记不记得梦回伊始，我们云游仙境？彼时无邪的爱慕，为何会终结？"每次看那段由金色光线调制成的音乐短片，看迈克尔耀眼的华服和他比华服更耀眼的舞姿，我都想化作背景里的烛台、皇冠、竖琴、壁砖、羽毛扇……无论什么，只要能被他不可触及的眼神所触及，我也璀璨生辉。他来无影，去无踪，似天降祥瑞，赐予我取不尽的灵感和戒不掉的执迷。

我想，我执迷的，是纵容我执迷的自由。

可百结依然出现在我梦里，依然是儿时的模样，身穿前襟绣有石青色"V"字纹的宽大校服，领口露出的酡红编绳上挂着家门钥匙。"夜深独坐对残灯，默默怀人百感增。愁肠百结如丝乱，珠泪千行似雨倾。"电话里，我措辞委婉，向周叔叔请教，为什么有的人我总想，却梦不到，有的人我不想，却总梦到？得到的解答是，你梦到的人是你梦不到的人的载体，由于他微不足道，你拿他来直面内心，羞耻感最小。

周叔叔不愿扮周公，他的观点取自弗洛伊德。"载体""微不足道""羞耻感"，一系列令我抵触的词汇使我的驳词短路，无名火横发逆起，我连忙转移了话题。

暗恋既成事实，谈何微不足道？况且，我从不觉得暗恋羞耻，除非不慎被对方察觉，我将耻于自己的鲁莽，并转盼撤离。至于梦，并非每个人都可以享有，也并非每个人生阶段都可以享有。早年的梦大多像戒尺，在积尘中伴

33

我成长，冷不丁亮相出招，狠狠惩罚我的嚣张。

儿时的计数法以个位为准，每过一年都是里程碑，一岁与两岁，实力悬殊不止两倍。面对强者欺凌，我曾心怀不甘，抱怨度日如年。后来，日子越过越快，蛋糕上的蜡烛由粗变细，以一代十，再后来，自豪沦为尴尬，期盼转为惧怕，我第十次将蜡烛逐出蛋糕的生日宴上，母亲无端提起百结，说他职场屡遭碰壁，走投无路之下联系了周叔叔，恳请在晓远创办的游戏公司里谋得一席之地。"晓远小时候多贪玩呀，没想到现在这么有出息，倒是百结，唉……"母亲摇头。

我惊讶，并非惊讶母亲的讲述，而是惊讶自己的无感。没有附和，没有反诘，没有询问，甚至，没有遗憾，仿佛耳畔回响的人名只是安葬在辞海里的若干笔画，七零八落，拼不成为我注入波澜的虹吸管。麻木在暗默中延续，碎裂，蜕变出虚弱得令人懊恼的歉意。我不再气盛了吗？加倍的年龄往往加倍人生的戏剧性。有人早慧，有人晚熟，有人蜷屈不伸，有人一鸣惊人。目睹过太多故事，百结的今昔落入正态分布的置信区间。又一根倒掉的标杆，我见怪不怪。

或者，还有一种可能。

丁香，又名"百结"，四瓣生，小乔木。西方花语中，丁香象征初恋。传说找到五瓣丁香花的人，能够梦想成真。当年生日，我以为我许下的九字心愿——与我爱的人一直相爱——实现起来无须五瓣花助力，只需足够的时间。可我低估了时间的后坐力，它的收复胜过施与，毁灭多于成全。相爱难，一直相爱更难。怀有两份想念的我，人生尚未过半，已经失手一半。

孩子眼中的人分三类：孩子、大人和老人。识别方式简单粗暴：一望即可。只要对方不是孩子，交流迅速简化到礼貌用语范畴。离孩童状态越远的人，越需要依靠少年、青年、中年的细化来削弱衰老的忐忑。从一开始，我就把迈克尔当作同类，直到偶然读到唱片店玻璃门上的剪报，才知道他的生日。他被如梭光阴除名的形象，以万变中的不变，颠覆了我知识体系中以年龄划分群体的定式，于是我相信，若我也做到不变，那么我对他的爱必定不变。

可谁能持有这般稀世的纯真？若我不能，那么有一天，我与迈克尔将不再是同类；若我能，那么有一天，我与百结将不再是同类。莫大的恐慌间歇性啮噬我的神经，每回刺痛，百结儿时的面孔都在梦中恰到好处地浅笑："我还小，你不要长大，也不要变老。"

体育课自由活动，劲风卷光了我手中蒲公英的种子，我原地蹲下，沿中线掐开花茎。浆汁流出空心管，滴在莲座般铺展的匙形叶片上，等羽状浅裂涂满乳白色液迹，我把花茎平放入石砖缝，盖上土块，完成简易葬礼。"你在干什么？"百结纳闷。我眨眨眼："实践刻舟求剑。"

其实，百结的"死"远早于我看到他结婚照的时刻。小学毕业典礼那天，我已经被自卑衍生的洁癖驱使，放弃了对他的终身订阅。我将他的初态一次性买断，用大写的欲望填充他的躯壳，秘制成我专宠的木乃伊。从此他不会腐朽，也不会再生。这种买断，成为我长期以来按兵不动的借口。可我终究担忧概率甚微却绝不为零的风险——内卫星一旦与行星距离小于洛希极限，便意味着解体、化作行星的环，或者，撞向行星，玉石俱焚。于是我乔装成一时冲动的盗墓者，亲手摧毁了童话时代的瓦棺篆鼎，让拖延太久的结局回归开端——踏入黑洞视界，时间减缓，我在宇宙面前冻结，宇宙在我眼中陨灭。

想起周叔叔的解梦。不留情面的点拨再次穿过鼓膜直达自尊，伤口失血过多，正滑向阴府边界。或许周叔叔是对的，摇摇欲坠的姓名下，宿诺早已白骨化，悬崖深处的悸动试图借尸还魂，如同，君临玄牝之门。

艰难的领悟，不适，不舍，却不得不。我想重新为百结撰文，一篇日后读多少遍也不会觉得仓促的悼文，为的是不再为他撰文。也许写作并非为了铭记，而是为了遗忘，笔管是记忆的出口，出口成章，转移旧事超载的重量。倘若写后仍难以释怀，我会变本加厉地写，写到面如死灰，心如止水。这样，我拒绝遗忘的人，才能在我逐寸拭亮的心之境中，全然现身。

所以什么是真正的内疚。我以为依恋的实体务必触手可及，以为良贾深藏的秘诀在于与世沉浮，却不知我的懦弱导致了太多以求全为名的虚度。悉数百结在我记忆中的成分，包含全部与迈克尔关联的细节，部分与我关联的细节，以及挖空心思才够得上屈指可数的、与百结自身关联的细节。我对百结的依恋，本质上，是鸵鸟心态下的得过且过和自欺欺人。必须承认，我期待的爱是我自定义的爱，它无关时空，无关沟通，无关生死，无关虚实；它不会稀释，不会变质，不会中断，不会消逝；它不属于理性分析的少数派，也不属于感性选择的多数派，它屏蔽了烟火气，是我的独家版权，只不过它静候已久，静候我剥离羞耻、踌躇、愠怒、不安，唯剩纯粹的坦然。

所以什么是真正的痛苦。没人知道迈克尔以怎样的痛苦来承受世俗对他的不公，就像没人知道我以怎样的痛苦来承受离别给我的考验。多少年，我对迈克尔惜墨如金，除非应了《他是谁》中所唱："我再也不能承受更多。"一次又一次，迈克尔把孤独释放进歌曲，怀着对戴安娜·罗斯隐秘如初的深情，继续前行。戴安娜离开过，她的离开是逗号，至少她有回到迈克尔身边的可能。但迈克尔的离开是句号，他留下的可能，至多意指爱他的人痴心悲心、炽烈苍白的祈求：今宵，愿君入梦。

所以什么是真正的孤独。有些人在生命中如此重要，他们贯穿了整台剧目，却无须策划，无须参演，无须拊掌，只要在场，便已足够。当有一天，在场也成奢望，多少唱段与台词置于真空，隔绝了赖以动情的传播介质，于是终局被拉长，无限拉长，拉长到永远，希望再也不能返场。从迈克尔的歌声中，我听到了他彼时的孤独，我彼时的孤独，我此刻的孤独，还有我今后无期的孤独。

寒窗苦读的孤独，觥筹交错的孤独，万家灯火的孤独，同床共枕的孤独，柴米油盐的孤独，登高望远的孤独，疲于奔命的孤独，行尸走肉的孤独，一呼百应的孤独，求告无门的孤独，喋喋不休的孤独，相对无言的孤独，快乐不能被分享的孤独，忧伤也不能被分享的孤独，交心不敌交易的孤独，失去一个人胜过失去全世界的孤独。

如果这是信仰的代价，那么请暗杀我感知第一次孤独前的背影，我要在完整的孤独里沉沦，印证我完整的宿命。

大学毕业后，我只身赴美留学，精简行李的时候，我舍弃了诸多贴身物品，为给一本印有银河系图案的剪报留出席位。那年，剪报12岁，磨砂扉页上的名字，是我12岁时用金粉圆珠笔屏息描出的迈克尔的名字。我告诉父母我爱他，他们说这不是爱，长大后你会懂得什么是爱。而今数十载已过，再无人予我半分相似的感觉，于是我明白，这就是爱——爱是一种感觉，是迈克尔在歌曲《向我屈服》里用近似哭泣的嘶吼向世人宣告的领悟。其实，我一直寻找的，何尝不是一双眼睛给我的悸动？它镌骨铭心，不可复制，它像非零即一的二进制，要么永不出现，要么只有一次——1995年的夏天，我没有错过，我早应停止搜索。落墨无悔，开场已穷尽斑斓，续章，无妨顺其自然。

白光灯，啫喱笔，紫信封，从左上角起，我一笔一画写下自己：名、姓、街号、城市、州、国家。热量无尽，由基点绽放，扩展，飞向无尽中绚烂的光源，那是我前尘不慎辜负的被素风遣散的眷注，也是我今世无缘道出的，属于天堂的称呼。

"我为你穿越荒野，扫灭三亿足音之上狂啸的虐焰，为你征服大漠，踏碎一路釜砾遗骸。

"我攻破千重城池，愿背负累世骂名，笑对蜚谗如百箭射来。伤痕，是我为你而战的文身。

"秃鹫争相啄食霞血，霜影正极速凋零。我沿绝壁奔跑，抛却无关你的梦境，只在脉搏跳动间，种下属于你的小名。

"前方幻海吞吐云雾，暗藏零摄氏度的烈毒。我凌空腾起，劈开骇浪，徒手掐断蛟龙咽喉，用生命下赌，破解夜的符咒。

"天，亮了。我登上岸，平复喘息，低头走近你，从怀中捧出一颗金色星星，放在你身边安睡的玫瑰花丛里，轻声说：'我又来看你了。你，还好吗？'"

下次拜访迈克尔，我要带上这封信，但我想，他已经知道里面的内容。谁说回忆意味着衰老？悉数毕生所能掌控的事物，还有什么比回忆更像灯塔水母，在无限循环的生长和逆生长中，达到生物学意义上的不死？其实，只要回忆在，回忆中的美好，便是永恒。我的爱从未更新，尽管我鲜少开口。从惘然到澈透，当丝绸般微凉的光射穿每个句子的皱纹，风的韵调只被一只耳朵捉到，泪水蒸发中的世界越来越小，而我依然微笑，因为波粒二象性的交替中，我感到途经凡尘的天使正传递给我修改明天的力量，那，是爱的力量。

珍　弃

只有你知道

依恋灌满阳光的空屋，影子和回声是我的朋友。一度以为思想的纯粹要靠行动的无效来成全，所以孤独，充当了拼接具象自我与抽象自我的胶黏剂。有毒的人看起来无害，我向来拙于辨识，养成了疏离市尘的习惯，没有聆听，没有解读，没有赐予，唯有盈篇满籍的智慧，让我感受时空之外的存在。

我是那时候遇到你的。

目睹过春风得意中的停滞不前，功败垂成后的自暴自弃，朝三暮四下的半途而废，我为身边写作者各种原因的退席感到惋惜。好像拧开水龙头，双手掬成扇贝，看掌心珍珠般的气泡破碎、消失，比聚积时要快得多。速朽的虹光鞭策我前行，与其说痛楚，不如说焦虑，我怕时间不够，不够我写出满意的作品、引起你注意的作品，不够我追上前方越来越模糊的你的背影。

写作，必须靠爱而且只能靠爱来支撑的梦想，一种不求回报的奉献，如同至亲呵护骨肉，孤儿怜惜自己。你对写作的爱，在你不停息的脚步中回山转海，我看到你追逐星月时掀起的风暴，犹如洞穿我心腹的箭镞，舍矢如破，墨色烟华，弥漫着不曾退却的温度。

无须杜撰或探询，你的踪迹、诠评、骋情，你亮色系的忧虑和暗色系的憧憬，穿行在你无可复制的文字里。对艺术的渴求，对措辞的苛求，推动你用自我折磨的方式换来给读者的享受。偶然造访的目光必然为情节停留，有谁知道，虚拟帝国后台数据库的设计师，默默历经了多少茶饭无心，夜以继昼？

不让书写局限在教条里，不让观察局限在文学里，不让身份局限在作家里，你打通慧门、回归本我的热忱，提炼出我心驰神往却尚未归纳的理想，我有必要在漫长的进阶中逐层领悟。

我相信真实的美来自源头，在璞玉浑金越来越难以被体会到的今天，与削尖的头骨相匹配的塑胶笑容，让越来越多的佳话沦为笑话。被欺骗触及底线，才看得清卑鄙辽阔的假象，被贪婪同化到赤裸，才觉得出清风独具的凛冽。语言由实用性向观赏性的反向渗透，某种程度上，宣告了直觉抵押道义的叛逆。所以当我们对公认的假说同步否决，我体会到影子与回声实质性的存在。你每句馈致，都给我胜过感激的震动。我在拥挤的日程表上小心划出一隅真空，用来寄存与你的交流——水果糖一样闪光、清香、动听的碰撞，习惯性地，我一遍遍品味。

无须担心重复，重复不是滋生厌倦的元凶，麻木才是。从来没有准确无误的重复，只有粗枝大叶的洞察力。流传于世的副歌，波澜不惊的函数，幅度安全的共振……大量规律的蛊诱，都暗含着经久不息的玄机。被称为"上帝指纹"的曼德博集合，是由二次多项式迭代生成的几何图形——复数平面上心形与圆相连的构造看似简单，却在无限放大的过程中呈现出惊为天人的精妙。弗兰纳里·奥康纳说过："作家不应羞于凝视，任何事物都需要长久的凝视，才能被真正看到。"习惯凝视的你，经常因为一个配角的运势，一段叙事的逻辑，一个词语的位置纠结到元神出窍。眼前症结的化解，酝酿着下轮挑战的造访。你以孩童式的执着、满怀神经质的亢奋，蓄势待发，不在乎四面楚歌，十面埋伏，无所谓单枪匹马，赤手空拳，你坚守着胸中完美的标准。它因你的每一次凯旋而提升，它是你的信念。奋力突破结痂的尺度，挥霍激情，不失冷静，你作困兽斗的一切，我体会过。向彼此打开对外界紧锁的部分吧，这样，我们才能在有如镜像的默契中，摆脱幽灵般尾随自省的沮丧。……珊瑚色黄昏里，灰蒙蒙的人群走过路边的枯树，谁能看到满目茶褐中依稀晃动的亮斑？那是一只东蓝鸲，正轻轻啄食小巧可爱的绿苹果。

你经历过我未曾设想也无法承受的苦难，当时最丰稔的慰藉，大约仅仅是孤立寒风中交叉臂膀、搂紧双肩模拟出的拥抱。纵使菀枯盈虚，也更改不了你对纯挚的向往。那些美到痛彻心扉的片段，奠定了你字里行间驾驭脉搏的基调：润物无声，大爱无痕，像笼罩苍岑之巅的金色腾云，轻盈，热烈，蒸馏着寂静深处的震撼。

我愿意听你倾诉，是怎样柔软的承接，才能抚平玫瑰的茎刺，用怎样温存的韵调，才能救赎哀伤中休眠的能量？现实的残酷往往使人降服，迷路的眼睛看不到大海，争相捕捞的，不过是囚禁在内心的鱼群，而一路独航的你始终保持清醒，没有什么能够夺走你定向自由的罗盘。

从未妥协，尽管容易被误解。文圆质方，雅量高致，你经过打磨的属性让你在尘音与荣辉的围攻中显得游刃有余。可有谁留意到，杯觥交杂、谈笑自如间，你神色中的距离？那些分寸适度的礼节，不过是你对赞美的消极适应罢了，你无须以赞美的烘托来确保身心的完整，它也许是多数人求而不得的福祉，对你来说，却是难以摆脱的烦扰。

我愿意向你倾诉。害怕失去私有时间，群居习性历来令我不适，我的安全感出自一对一沟通，像某种侵入式的交互占有。很多人看重过程，更多人看重结果，而我看重起因。才华是我沦陷的导火索。每次被才华征服，我都会动情到失控，直至飞蛾扑火演变为破茧成蝶，神魂才能复原，因为我的才华与之抗衡，他的引力随之散去——天才的成果俯拾即是，也无所谓被珍视。凡人倘若努力，靠着不放弃的本事，往往与天才殊途同归，甚至比他们更胜一筹。然而这次，你的炫目令我盲目，你给我的不可接近的高度，源于你在过人禀赋之上的辛勤付出。置身于微小概率所营造的异常区间，我能否逃脱？如何逃脱？或者说，我是否需要逃脱？被过度的欣喜过度保护，我不知所措，也无能为力。

《星外飞仙》——最令我动容的动画短片——讲述了一位无名英雄试图营救卖身恐怖马戏团的精灵乔乔未果，不幸身负重伤，之后他跋涉多年，拖着残躯重返马戏团，请求加入，以换来与乔乔厮守。我不是听天由命的乔乔，而是赴汤蹈火的无名英雄，我一直在寻找，就算滴墨成伤，一次又一次败给乱真的虚像，也仍对美好抱有希望。我如此强大，强大到忍得住生离死别的剧痛；又如此弱小，弱小到禁不住称谓的触动。很多事情没有走出来，只有走下去。每逢蜷缩进空屋，我都会唱起花豹少女队的歌曲《灰姑娘》："我不愿像灰姑娘一样，坐在又冷又黑又脏的地窖里，苦等光明。拯救我的亮甲骑士，正是我自身。总有一天，我会找到懂我的人，他无所畏惧向我示爱，因为他臣服于我的思想、心魄和灵魂。"

是我的祈愿被听到了吗？否则，我何以获得如此丰饶的恩宠？是什么力量指引着我，找到了和我一样几近绝望却不甘绝望的你？你的谦卑、凌傲、内敛、不羁、沉着、轻狂……若干对矛盾又合理的特质，在你潜心雕琢的角色里幻化。是你让我明白，再诡谲的斑纹，也拥有冥冥之中精巧的对称，最幽暗的牧夫座空洞，也身怀璀璨生辉的星辰。孤独者的童真是沉睡的，奇迹的开启，取决于信任，尘嚣苍黄翻覆，我将忠诚如故，即便忘啜废枕，雁杳鱼沉，我也无条件信任你，就像信任沙漠上水晶蓝的指南针。

我偶尔会叹息，"抵达"的真谛如此遥远，仿佛无法触及的遥远，才盛得下我无法触及的深情。我应该感谢遥远的客观存在给了我肆虐无度的想象空间。深陷想象的我，每处神经末梢都加倍敏锐，一如深陷构思的你。只不过，我欣赏得到你构思的成果，你预料不到我想象的场面。历数事火咒龙，甚于撑霆裂月，待到千重幻景的粉末从天堂散落，唯有非典型无序性的可视化旋律，在我秘而不宣的素描本上，缭绕暗香的黛痕——距离外的曾经，不知情的角落，撕毁过期制约，服从本能的胁迫。我读过你，而彼时比此刻失落。夜的低语从地平线另端涌来，裹挟着诗朗诵特有的推进感和煽动性。多米诺骨牌一触即发，覆盖了昼日最重的伤势。阴霾中难以被忽略的亮色，是萤火虫调皮的诱惑。在这样发光的夜晚，我无心入眠，想着涂孔雀蓝的菱花、唱安眠曲的虹雨、噙麦芽糖的岚风，想着用文字给我勇气的一双手，是怎样如弹奏琴键般，触碰我颤抖的灵魂。琥珀色音符辉煌错落，似琼香汹涌，堵住我充血的喉咙，却一句也逃不出口，任凭鹰鹫飞过，洒两列烟影，微咸，危险，无望俘获。等到绚烂冷却，琐细而宝贵的疤痕，将如钻石内部锐利柔丽的羽裂纹，报以我遗憾中灵动的景深。那是我修炼耐力的赏赐，陈列在理智渐尽的末日——若繁英吻我毕生，万事于今宵落幕，或许，我也需要你的祝福。

　　这是命数无从破解的咒语吧？以思维钩织韵脚，凭词句构置媒介，从未相逢，如久别重逢。当丹墨腾踔，群鸿戏海，我慢慢铺展年轮再生的扉页，屋梁落月，灯火倾斜，鹅毛笔舞出九叠篆，你的名字，最难写。

不让你知道

你潜入我意识的时刻，先于我洞悉你的世界。铠胄耀芒，发式张扬，轻颦浅笑不仅限丰神俊朗，肢体线条间杀气伏藏……一系列心怀孤勇的自定义元素，在我的磁性涂鸦板上，组合出夸大了头身比的剪影，我一度不知从何填充细节，直到首次翻开你攻擂的册籍，才断定，我找到了剪影的主人。

银砾，冰，绝对零度，西伯利亚，极光，渐冻术……动漫艺术家赋予你尽可能多的与低温相关的特征，旨在反衬你内心的火。为了纯质邈远的夙愿、流传于世的预言、未被证明的真相，你在无望成为主角的战场上，血祭成长的信仰。主线简单，背景简单，人物性格简单，什么都简单的故事，源源不断补给我斑驳迷离的话题。小学二年级，你的名字是我和同伴对话中的高频词，我们计算你的年龄，谈论你的身高，品评你的举止，冲马路中央的车流大喊"非你不嫁"，成功聚焦了方圆十几米内行人的疑惑：

谁家的疯丫头？

"盼望"是个汹涌澎湃的静态动词，从早上睁眼，我就盼望与同伴们碰头，预测下午首播的剧情走向，回味之余不忘安插构思离谱的桥段，有时候等不到次日，本集片尾曲一奏响，她们便相继打来电话，或哭或笑地跟我悉数感想。与动画同步发行的漫画书是我们的奢侈品，每本一元九角，一册在手，众人竞相借阅。写作文三句不离汉语拼音的我们，对阅读的热情空前高涨，不管懂不懂，一律看得废寝忘食。母亲答应我期末拿双百分试卷来换全套漫画书，可惜我因语文 0.5 分之差，只得到象征鼓励的一卷五本。我找到邻居家和我同岁的女孩，把有你篇幅最多的一本摊开，推到她眼前，指着上面的竖排字，一列一列给她念，不听完就不和她玩捉迷藏。我把自己的爱最大化灌输给他人，执拗之甚令我至今惊讶。

课堂上下，校园内外，银屏前后，媒体舆论对亚文化无孔不入的渲染中，我不厌倦地想你。你来自二维空间的诱惑力扫射，是牵制我情绪等级的视觉拥抱，无须瞄准，有效贯穿昼夜。饱受分数与排名夹击的青春期里，我幻想你带我离开，无论去何处，哪怕地角天涯，只要能躲避考学重压。而我清楚你必定拒绝，因为你对临阵脱逃深恶痛绝，你的立场，让我放弃了沾染放弃的念头：梦并非指不可能，若认识到梦不可能实现，那么人生便到了终点。所以，"战斗是我生存的证明"作为我备考的座右铭，伴我熬过治学路上至寒至暗的磨难。满足于想象力传递的微量抚慰，我对你的依赖远大于感谢。

拥有和你相同的身体薄弱环节，9岁那年，我又一次在霸凌中被划伤左眼，缠着纱布，头痛欲裂，我斜靠床脚的米老鼠抱枕吮吸红果冰棍，努力放空面前洇血的半个世界，脑中只留你带伤作战的英姿，双臂舞出优雅致命的招式，星移电掣，燃亮尘雾里寓言般的神色……与你共享触觉，即使痛，我也快乐。多年后的亚特兰大动漫展上，作为中得角色扮演活动头奖的幸运儿，我在众目睽睽下，从上百件纪念品中，抽出印有你肖像的光碟。"哇，始祖级动漫！""为什么选它？""有些不值哦……"掺杂困惑的呼声顷刻蔓延。从高中起就有人笑我审美落伍，故步自封，又怎样呢？我就是这样珍视心灵最初的震眩，并坚信我之所爱，理应无拘无碍，假以时日，它必从人人不采的平凡，沉淀为人人不弃的经典。

后来我开始关注你剧中的同盟，与你一样耀眼的勇者，善良的基色上全数稀有并且各自独有的锋芒，令易碎的心难以取舍。于是我的你化作复数，从和你一样的你们身上，我看到永不屈服的无畏和突破极限的卓伟。是时10年已过，高考前最后一个寒假，每天 15 个小时的复习后，我重温一集 TV 版（电视台播放的动画连续剧版本），依靠 20 分钟的回忆衍生出的整夜绮梦，迅速恢复元气。互联网的诞生给我大范围示爱的胆量，上百人的聊天室里，我切换昵称，用警句刷屏，招募与之共鸣的回应："战场上哪有空考虑累不累？必须全力克敌以免其伤及无辜。如果伤害敌人也算罪过，我愿等到世上的邪恶被清除，再接受神的裁决——在这之前，只有战斗！"我的抢镜引来同人，我们争执，为你的造型和个性靠拢哪位时尚大师；我们惊叹，为同时期在不同地方翻看过提及你的同一本杂志。

那时候，网络与现实交集尚少，惺惺相惜的隐身人被过火的自由逆向束缚，聊过很久才肯透露性别，又聊过很久才愿发来照片。可信度退化为负值的虚拟寰宇里，背叛的成本太低，情有独钟的难度左右着盖棺定论的尺度，就像喜爱和伤害均无需理由，如非要究其根本，幼稚是罪魁祸首。大学毕业后，急于甩掉幼稚的我，把社交软件账号转赠他人，用自诩彻底的手段，清空了过往。

奈何一切只是错觉。俯仰之间，又过 10 年，几乎绝迹的聊天室再无盛况，有的正在改良，有的正在死亡。随机的深夜，我被随机的直觉诱导，点开一扇怀旧的视窗，关乎你的影像如潮涌至，本想追忆纯真时代，可我追忆的，只有你。整整一晚，即使不再留意媒体舆论对亚文化的渲染，我依旧不厌倦地想你。

所幸的是，我已摆脱自我质疑的羞涩，不畏以实名宣扬对你的钦赖。戏剧冲突与暴力美学赋予你贯彻始终的命运悲剧。你不悔的诀别屡次掠夺我的涕泪鸣哀，却不曾撼动我的期待，我深知你将在某时以昔日英姿荣耀安返。只要世间仍有爱你的心，你便能复苏于思念之笔，在一次次归来中获得永生，而我，是真正走向告别的人。

同甘的相会一笑、共苦的抱头痛哭、拉钩上吊一百年不许变的庄严肃穆，通常败给转学、迁居、分班乃至换座造就的毁灭性变故，即便尘埃落定后亡羊补牢式的问候也难以挽回局面。腰斩情谊的间距无所谓长短，足以消磨掉我对忠诚的乐观。现实中的离别总是淡漠的，像盛冬飘零的寒灰，只伤及洞察秋毫的神经。假死在乱世红尘的麻木中，我心仪你习以为常的壮烈——出入累棋之危，才能领会莫逆之交的精髓。

你不知道，我所处的空间中，时间对我何等慷慨，你依然年少的此刻，我已韶华不再。所以我不让你知道，我的物理性质正趋向萧条，你仅需知道，听到你的名字会微笑，看到你的头像会心跳的基元反应，是始自我第八个生年的持续态，你入侵我感知的雏形，注定了想念将成为我情感的固有属性。纵使你蹙眉一时胜过我叹息一世，我仍相信，不等同的时间单位不等同于错过，每逢海镜从铅华中升起，异次元悬光索取前尘残体，朗月入怀，遣暗香吻遍你蜜色鬓影，画出我不曾奢求的梦境。自幼鲜少许愿，我只望化身你书页上的咒文，以孤风笑对芝艾并焚、蜚蓬之问，随你穿越芬布尔之冬，去瓦解封印着下个文明的诸神的黄昏。

如果你知道

初三那年，你与我形同陌路，我们不是渐行渐远，而是一刀两断。你不会浪费时间，把"软着陆"技巧用在对你来说失去友情投资价值的人身上，因为我的成绩排名从班级前五落到十名开外，不再对你构成威胁。

我的心像穿了孔，丧失了持续供血功能。从来没有人像你一样，站在同僚的视角引导我。当星辰映入鹰隼之眼，大地就变得渺小，不堪低海拔的你一次次重设着我奋斗的终点，激励我突破极限。谁说好看的同学成绩不好？成绩好的同学体育不好？你向我证明了一个人可以成为360度无死角的全能型选手。当我意识到自身长项比不过别人短项的时候，我的潜能被正式激活。我们在争夺资源的追杀中互舔伤口，共同破译危机四伏的藏宝图。可突然间，你如失忆般加鞭策马，带走了全部养料和武器，只留我，溺毙在友谊地久天长的沉没成本里。

也许敏感不该过量，一柄剑越长，它造成伤害的面积就越大，适度的迟钝是于己于人的宽恕。你身上有常人亮不出的锋利，你鄙视教师子弟、学生干部和少数民族考生高分里的水分，鄙视尖子生惯用的花招：放学把同院孩子们叫出来玩，撩起大家疯闹的劲头后，全身而退，回屋学习；牢记报纸上的电视剧剧情简介，与人神侃，造就自己追剧的假象，把对手们拉下水。相比他们的暗度陈仓，你的战斗是正大光明的，你不避讳自己花了多少血汗拼来年级第一，左右眼各两千度的近视是最好证明。

有时候你那么贴心，饿着肚子也要等我赶完作业，等到食堂没了午饭，陪我一起啃饼干；有时候你又那么严厉，怒斥我为什么耽误复习时间给你画生日卡，你只要一句"生日快乐"便知足。12岁的你身上全无稚气，全是志气，你超出自己年龄段的责任心和自控力让我领悟到，我们的一举一动都承载着长辈沉重的期待，我们必须在接下来的六年里争分夺秒，拼出一份漂亮的高考成绩单回报他们——这是我们生存的重要意义。

你的光照亮我，也灼痛我。挽手和翻脸之间的契机，

莫过于三秒内没来得及回应你的问候，或者交谈时没全程
对接你的目光。我的心情忽而喜出望外，忽而惴惴不安，
我不知道如何以你能接受的方式，表达我对你的心意，面
对你的无常、你的要强，我束手无策。不敢开玩笑，怕说
错话伤到你；不敢提要求，怕惹你烦躁；不敢关心你，怕
你怪我多管闲事。我从来没有那么在意一个同性朋友的感
受和她对我的看法。因为我不仅把你当作朋友，还把你
当作贵人、师长、姐姐……我对你有种说不清道不明的依
赖，我考高分的目的里，有一部分，就是为了博你一笑。
你的珍爱和虐待，让我畏惧又期待，这是不是所谓的相爱
相杀？我害怕失去你，可我还是失去了你。

　　你选中的新友，一年前被你狠狠打击过，那次她冲
我挑衅："每次我数学考分都比你高，这次你怎么能比我
高？"你毫不犹豫替我还口："你有什么资格说人家？凭
你每次总成绩排名中游？告诉你，你不配！"在排名决定
地位的等级制度中，你视"越级"交流为"大不敬"。一
年后，她后来居上，势如破竹，再度引起你关注。她第一
次考全班第一，你笑她是瞎猫碰到死耗子，她连续三次拔
得头筹，你收起不屑，和她亲密无间，在我眼皮底下，与
她重复与我的昨天。我学着你对我视而不见的样子，对你
视而不见。对你视而不见的日子里，我得空推敲与你的交

往。我记起来，你和我第一次打招呼，是得知我们考了同样的入学分数，你与我形影不离，始于我们第一次月考成绩全班并列第三。你的交友原则简单——只看对方实力，排名是衡量实力的唯一标准。怨我没看出这条线索，急急忙忙把婚礼誓词中的"不离不弃"套在和你的友谊上，企图以心换心，不想落得肝肠寸断。某种程度上，友情比爱情更不堪一击。

难得的是，你对我还算口下留情，这并非念及旧情，而是你认为我的成绩下滑来自外因——我上初二那年生病住院耽误了课程，成就了你的压倒性优势。所以后来，我偶尔与你排名接近，你也不会表现出过分的敌意，反倒会施舍我赞许和鼓励，这样的赞许和鼓励给人居高临下的不适感，但也算你罕见的宽容。想想你抛给其他竞争者的挖苦之词，我庆幸自己没资格成为你的攻击对象。不过那些挖苦之词即使针对我，也不会如以往那般具有毁灭性，因为分数排名在我心中的位置已不再至高无上。

镜头切换回病房，我的世界正被病友的攀谈声格式化——隔壁病房的晓静没抢救过来，走了；大康哥哥确诊了，晚期；你们父母去参加丢丢的葬礼吗？他可是老病号……他们像谈论三餐口味一样从容谈论死亡，包括自己的病情。临床男孩持续低烧半年后，发现患了脑癌；斜对床男孩重金属中毒，肝功能受损，面色蜡黄；对床女孩慢性肾炎，并发症诸多，行动不便。这些同龄人，要么无望生还，要么治愈艰难。处于排查病因阶段的我，每天抽八九管血做各种化验。做骨髓穿刺术时，我听到针头插入胸骨的声音，咯噔，咯噔，两下之后，深红色骨髓沿注射器空筒壁上升，我感到从未有过的压迫，它缓慢而巨大，排空了我的思维，使我张大嘴也吸不进气，只剩四肢徒劳颤抖。待我由护士搀扶着走出手术室，门外的母亲已泪流满面。那些天，我无暇顾及分数排名——一个曾整日占据我心的主题，当一叶不再障目，我看到生活中有太多瑰宝，优先级远远高于高考。所幸这段惶恐期不长，病因水落石出，医生对症下药，我迅速康复。

出院后，我开始保留投入学习的精力，不再效仿你挑灯夜战，通宵达旦。我与你提及病房见闻，你不以为然，将我的病友归类为高考的弃子、人类进化过程中被淘汰掉的弱者。是啊，你是发着39℃高烧上体育课练长跑的人；是鞋里进了玻璃碴不肯中途脱下来倒掉，任凭脚跟的血渗透袜子的人；是以宣战的口吻对我说"你听着，我只允许你排队站在我前面，因为你个子比我高，其他排名，我不允许任何人挡在我前面"的人。不知是否出于信任，你剥开人性褶皱里的刻薄甚至残忍给我看。你的信念支撑着你冲向不胜寒的高处，那些威慑过我的、从死神手里抢命的场景对你来说算什么呢？君不畏死，奈何以死惧之？

那学期期末家长会后，你母亲质问我母亲："初二是要劲儿的时候，你怎么敢让刚刚缺课三周去住院？"我母亲的观点"孩子的命比什么都重要"被视为小题大做。该认知差异重现于高三某次家长会后，你母亲透露，你每逢提起我，必叹刚刚病好之后，成绩再也赶不上来了，因为一场病耽误了一辈子，真可惜，真可惜。那时候，不知为何，我隐隐为你担心，怕万一你高考不能如愿，会出意外，虽然知道这种万一是比亿分之一都小的概率，但万一……我不敢想象。高中三年，母亲督促我最多的不是抓紧学习，而是抓紧休息，一直处于老师与父母双重压力下的你，不像我有喘息之机。填报志愿前，你说你的高度近视限制了你的专业选择，你除考试成绩好外别无所长的现状断了你的退路，你日暮途穷，唯有背水一战。你送出这番话的语气是那样坚毅、无奈又悲凉，激起我浑身鸡皮疙瘩。突然间，我可怜你，就像你可怜我一样，也许我们都是可怜的人。

冲刺高考的刀戟削短了春昼，4月里一个下午自习前，我揉着酸涩的眼睛，从书山后探出头，瞭向窗外，一下子怔住了：高大如伞的洋槐下，两个乌发粉颜的女孩席绿而坐，俯首静读。一个身穿红裙，另一个肩披黄衫。和风吹过，满树雪白的花瓣密密疏疏飘落。这阒寂的动态画面，鲜艳得令人窒息。我看得入迷，冷不丁被你从身后拍了一下肩膀："都这会儿了，还有闲心发呆？想想吧，明年的现在，你我还不知身处何方呢。"我明白，你话中的"你我"无你有我，因为你是以势在必得的姿态，规劝我切莫虚度光阴，你鼻腔里喷出的不只是焦虑得当的冷气，还有恨铁不成钢的丧气。可我不明白，为何你对如此美景熟视无睹，如果我的绝殊是你的虚度，那么你也不会理解，我曾为你离我远去而哭。

最后一次见到你，是高考后回校领高考成绩单。你从教学楼前数百名同学的语笑喧阗中劈开一条窄路，发射出低调的高傲和刺耳的沉默，径直朝我走来。你下颌扬起，左眉上挑，如炬的目光穿透我的身体，锁定远方。你像劲风一样扫过我，将我扫进人群，扫进无关痛痒的背景色中。你打破了全区理科总分记录，顺利考入顶尖学府研究型专业，我为你悬着的心稍微放下。不想煞风景，我没有上前扰乱你进军的步伐，只是目送你微弯的脊柱由侧影变成背影，为你送上无声的祝福。

多像命运之口轻启的咒语，在我们刚满 18 岁的时候，有人以为高考是通关终局，却不料它是吸引玩家的不同价位的入场券，真正的游戏，尚未开始。无论怀着雄心还是灰心，我们都将投身更激烈的战事，阵亡前任何时刻，所谓的规律总结以及定性分析，皆无效，这包括我对你谈不上钦佩的钦佩，和谈不上责备的责备。你的性格不应被我过早标注褒贬，动态语境中的感情色彩有随时转换的可能。感谢生活的颠簸给了我重新审视你的角度，昔时迷宫中，我寻找到阅历指引给我的宝藏。

记得生物课学过的临界深度吗？它指水体中单位体积 24 小时内，藻类的总生产量与总呼吸量相等的水层深度。你为我的清浅之都提供的临界深度，远大于水体总深度。你激昂中不失悲观的早熟，给了我如氧气般不过期的财富——那条潜伏在你体内的、曾被我惧怕和反感的鞭子，驱策着我一直努力，所以我一直努力，从要让你刮目相看的冲动，演变成不为向谁证明的惯性。

从少年到青年，蒙汗蒙泪蒙灰蒙悔的韶光中，我们视排名为神明。与神明被信徒顶礼膜拜的威力从来满足不了实际需求同理，排名也决定不了高考结果，倒是能轻易左右友谊和亲情。感谢你让我及早觉悟，主观感情往往受制于客观因素。今天，你赢得父母偏爱和旁人亲近的筹码是高分，明天，或许是高薪和高位。真情之所以被歌颂，是因为它的稀少和脆弱。感谢你以身体力行投影到我面前的微缩社会，它于无形中助我未雨绸缪，迎战日后加强版的世态炎凉，同时警示我，要时刻心存善念。

那年落花中，我赏的是花，你唤的是我；此刻灯影下，我正写着你，你已忘了我。你的不在意是我的在意，而我又何必在意？缺乏你玉石俱焚的气魄，我做不了考场上万夫莫敌的战车，只求做温吞吞的留声机，轮转唱针下绵绵的暗火。即使你看到这些文字，意外记起我，也会认定我在排遣过剩的虚荣。"如果你知道"，本是不该成立的假设，你怎么可能回溯飘远的琐屑呢？权当是我瞻望虚空的呢喃吧：被夏花代言的青春，珍瘁如时间本身，但我们不必把时间越过越快，这世上有无数崭新的美好可以延长我们对时间的感知。如果你知道，哪怕一丝一毫，也将三思用生命去赌某个高光时刻，毕竟，时刻太短，生命还长，远方的故旧，我只希望你快乐。

原来你知道

我是困醒的。数不清多少次，疲顿的知觉企图突破枝词蔓语的迷雾，兜兜转转，不敌夙念阻拦。可控状态抗拒向失控状态传柄移藉，记忆中难以割舍的镜头逐一倒放，加速，拖拽我缺氧的心，随后，身肌绷紧，抽搐，辗转在化为刑具的床上，直到左眼被闹铃声撬开一道缝隙，挺尸般戳向清晨六点的表针。

这是熟稔于心但无能为力的感觉——失眠，我写作的御用伴奏。构思进行时，我频繁向自己许诺："一收笔，就补觉"，可难耐丝毫停歇的灵感，往往伙同潦草入梦之后语脉被迫中断的不甘，诱我违约。睡眠质量低下，导致我整日神游于章节韵格的混合光中，即使陪精灵古怪的你玩耍，也无法投入。

怎样描述这种瘾呢？像高纯度黑巧克力、不致命的顽疾、藤田级数略低的龙卷风，胶扰，扩张，无限循环。意志力坠入深不见底的漩涡，任凭漏斗斜度摆布，以卵投石式下陷。前庭生风，后脑发沉，太阳穴隐隐刺痛，恍惚间，我看见你抱着积木桶。

好沉，你自言自语，我说等你长大，力气就大了。你问，那么100岁的人，是不是最强壮？妙语解颐，我点开手机记事本，写下这句违背常识却合乎逻辑的推论，再标上序号87。……已经积累这么多了？惊异中，指尖滑动触屏，余光扫出灵光，我为什么不尝试把这些趣话变成漫画呢？

四格漫画，我最爱《三毛流浪记》，沉重的轻松，辛酸的幽默，不能再精简的经典。三毛细瘦的赤足踏过无依无靠的旧日，踏进我无拘无束的童年。边角磨损的书页上，堆叠着每次读过都不雷同的笑和泪，多年后想起，依旧是饱满的赞叹。

可我从没画过漫画。收集你的语录，是因为它们给了我别致的视野：有独创的表述，如"我跑得太快，一'大'心，摔在了地球上"；有滑稽的类比，如"奇点是黑洞的肚脐，水母是海里的蘑菇"；有鲁莽的智慧，如"老虎的嘴长在前面，我跳到它背上，就不会挨咬"；还有朴素的哲思，如"我蒙上眼睛，就隐身了"；等等。

懵懂时期的美妙转瞬即逝，我深知务必记录，也问过许多家长，得到的回答无外乎"孩子四五岁那阵子说的话最逗，可惜我们忘光了"。珍贵素材不知凡几，被无视时效性的忙碌抛弃，而后淹没于遗忘曲线，一切生动再也无法还原。错过了原蜜一般"返璞归真的自身，即朝夕相伴的嗣人"，再苦的上下求索又有何意义？惭愧不已，我决定暂缓对文字的追逐，专注于你对我的依赖。我要将"三心二意"落实到漫画创作中——视"三心"为开心、耐心和用心，视"二意"为原意和创意。

砚滴含液，光阴凝结，精细加工过的原型从斑斓空幻中款款而来，携带兼权熟计的对白。因与果在平稳与惊喜的配合间流转，重现浓缩维数里仿真的逍遥——那是狂想中异军突起的力量，怂恿我投奔藏匿在服从和反抗背后的弃权。空城的女墙袅绕残香，委身于幻术般膨胀的黑暗中，我与秘密的投影抵掌而谈，谋划如何以丹漆充养外强中干的王朝，修复乱箭射下的创痕。

无感小说的虚构，只臣服于散文的真实，厌倦园艺设计的章法，只心动于原始森林的随意。潜意识下，或多或少，我渴望日常行为规范中良性的意外。未曾设想切换频道的创作会帮我摆脱失眠，或许是巧合，或许是参省半途的技术故障，文字游戏停滞不前，粉碎的句子反射出弥漫教堂的顶光，促成严肃与诙谐的对撞。色相环上所有互补色，都难以概括饿兽的全貌，唯有春蚓笔舞动的间歇，濒临断裂的琴弦正悄悄松弛……几个月后，我收获了数量可观的画作，也收获了质量较高的睡眠。

体会着绝处重生的欣喜，我顿悟，你给我的财富远大于此。《莫斯肯漩涡沉浮记》中，身陷莫斯肯漩涡的渔夫，根据圆柱体比同体积其他形状浮体更能抵消漩涡吸力的原理，把自己绑在木桶上得以幸存。原来你知道，你的积木桶将拯救我于尘域的漩涡。我的涉笔成趣，追不上你的妙语连珠，与其说我添加了你成长的脚注，不如说你贻赠了我继续成长的礼物。

　　水晶蓝的请柬，悬挂在我房间，到处是偶数预约，杨妃色蝶羽吻亮蜜烛，暖得像错觉。夕晖枯萎，深度安眠的脸被轩辕镜分成两面。施了魔法的梦里，我听到时光起点的欢笑，那个声音唱着歌谣，讲着童话，叫着妈妈，吟诵着驱散烟霏、解锁香闺的三连音："我——爱——你。"

　　谢谢，宝贝，我也爱你。

但愿你知道

　　一直想和你忏悔，豆豆，我的玄凤鹦鹉，来自无忧国的小仙子。我向来排斥用"忏悔"一词求得精神减刑，没有补救行为的忏悔无异于投机加虚伪。可你的离世，诛灭了我补救的机会。我不知何以表达痛苦，挥毫泪落，你音容宛在，施与我更深的折磨。连号称改变命运的高考也会迎来下届试卷，而你，我再没有下一个你。

　　我承认，与你相遇时，适逢我上只小鹦鹉威威意外飞走，难忍孤愁，我把你当成救命稻草。白化变种的你是那样纤弱怯懦，勉强站到我食指上，褪色到轮廓近乎透明的身躯瑟瑟发抖。我试着抚摸你，你出于自卫本能攻击我，不过你啄力不足，我觉不出疼，只觉出你的惶恐无助，也由此生出对你强烈的保护欲。宠物店老板劝我三思，其他鹦鹉都比你健壮，我依旧毫不犹豫带你回家。说不清是你出尘的外表，还是入世的内在征服了我，我决心做你的归宿。

你比威威花去多得多的工夫熟悉新环境，满屋阳晖中，你一连数日纹丝不动，除非饥肠辘辘，才将脑袋闪进又闪出食槽。你挑食，不像威威百无禁忌，你只吃相当于鸟儿糖果的黄米，为了训练你适应宠物医院为你调配的营养鸟粮，我狠心撤掉黄米，直到你呜呜咽咽，委曲求全；你嘴钝，不像威威无师自通，不管我播放多少儿歌，你都效仿不出一声完整的口哨；你拙笨，不像威威身手矫健，你在枝条间摇摇晃晃，跌跌撞撞，仿佛频频失误的体操运动员；你警惕，不像威威好奇心旺盛，你不理会新玩具，只钟爱康乃馨花瓣，把它们一片接着一片叼在口中，久久咀嚼。我处处把你同威威对比，在过量的对比中丧失了信心和耐心，认为你不具备威威的灵气，因而放慢了开发你潜能的进度。其实我从开始就错到极点，我不该视你为威威的延续，威威不可被替代，一如你不可被替代；我不该视你的木讷为寡情，减弱对你的额外眷顾；我不该视你的存在为理所当然，忽略了你至关重要，乃至胜过威威所有优点的优点——你把我当作灯塔，时时刻刻追随我，飞不动就一路小跑，这意味着你永远，永远不会逃离我。

我为你画像，但从未凭其参展。当有人问我是否有宠物，我轻描淡写引出你后，立即转入缅怀模式，浓墨重彩，铺陈威威的才华。威威是我的公示勋章，你是我的私密收藏。为何会这样？一直以为我的心虚源自你，却没察觉到令我心虚的，是我自己。你敏感慢热的独特，需要我施以你靶向对策，而我未能毫无保留地付出心血，哪怕区区片刻。漂泊的征程曲折叵测，我的精力被诸事分散，恋爱、结婚、卖房、搬家、跳槽，你跟我一路周折，不争宠、不抱怨、不离开，如空气如水源，不知不觉过了6年。倘若日子照此绵延，终有一天我会把给过威威的爱加倍给你。孰料变数预示着劫数，我怀孕的喜讯带给你厄运。家人以保障母婴健康为由，要求处理掉你，我条件反射般驳回，据理力争的结果，是将你移出我的活动范围。你被安置在阴面房间，虽朝后院，但因松杉葱郁，与晴旭无缘。你变得沉默，见到有人为你添食换水，才有所应和。我暗自对你说，别担心，豆豆，父母位于附近的新居正在建造，不久后，你便有上佳去处。

我的孕期充满挫折，妊娠并发症导致我除卧床外别无选择，不堪虚度的焦灼中，我想隔壁的你，和我一样被丹曦忘却，煎熬冥昭瞢暗。多希望家人替我陪伴你，可我清楚，为维持你生存消耗掉的能量是他们额外的负担、被迫的牺牲，是他们给你与给我的恩惠，我理应感激，无权请求更多。有罪的人是我，失去了爱你的能力，却不愿把你交给有能力爱你的人，我不舍的本质是自私，是占有欲，是力不从心的贪婪、不负责任的蛮横，它像浅表性弥漫性思维凌迟，给我挥之不去的钝痛。

数月后，父母新居落成，你迁回向阳的窗口，重获足够的阳光，尽管尚未重获我足够的关注，豆豆，我安慰你，等孩子大点就能同你游戏，我们三个一起。看你埋首梳羽，淡定如故，我摇头微哂。不想来年降临的灾难，彻底粉碎了我的期盼。父亲体检，发现患上间质性肺炎，该遗传病诱因繁多，各色说辞中不乏子虚乌有。医生怀疑你的羽毛，你与他同室过的几周，令你化身触发定时炸弹的嫌犯。家人无休止施压，我不得不向宠物医院求救，护士帮我张贴领养告示，劝我安度圣诞，静候佳音。豆豆，难道即将发生的一切，你都有所感知吗？不谙烦忧的你，洞彻会被你无条件信任的主人抛弃，那是怎样的震惊、心碎和绝望？几天后的晌午，我到笼前俯身清扫地上散落的种粒，耳畔传来你奋力振翅并跌落枝头的响动。熟悉你失去平衡的磕碰，可这次，我没听到随之而来的鸣叫，以及喙与爪摩擦笼条的攀爬声。我连忙抬眼，只见你仰躺笼底，没了挣扎的力气。我尖叫着捧起你，一遍遍喊你的名字。豆豆，你知道我会来，所以你保存全部体力，包括振动鸣管的喘息，支撑到我映入你眼帘，爆发，旋舞，化作流星轰然陨灭。枯萎的雪静静融化冬的骨骼，我的恸哭惊动了窗外每位过客，却没能唤醒你，住进我瞳孔的小仙子。惊鸿照影，万缘俱净，你双眸合拢，击溃了我紧绷的神经。

浑浑噩噩的假期里，我受报社邀稿，前往市中心的花灯节，无感流光飞舞，犹如行尸走肉，拍照、采访、笔录，写下"众里寻他千百度。蓦然回首，那人却不在，灯火阑珊处"。远走高飞与珠沉玉没同为永别，威威留给我悬念——再渺茫，也有望生还；你却陈述了定论，以最轻的躯骨，致我最重的判决：悔无期，剥夺冀求权力终身。于是，你的至真至美被无形中的憾惜开刀，胜似"剑光既陆离，琼彩何璘玢"，前所未有地震慑我，一个有眼无珠的人。我陆续接到电话，来自有意收留你的家庭，每次哽咽中的复述，都加剧着挽歌轮回的酸楚……那是重创我脏腑的部分。岁除霜晨，你静卧我手心，睡姿吻合掌纹曲线，定型为一尊泪滴状的标本。埋葬你的时候，我撒上为你保存多年的、你衔过的康乃馨花瓣。流艳风干，浮香散尽，

身畔只剩隐约萦宛的暗尘之息。反躬自责随你的远去逐步
猖獗，以致完全操控回忆：想到威威，我想到宠爱它的瞬
间；想到你，我想到冷落你的两年。从主旋律，降级为复
调，再到背景音乐，我给你的伤害不亚于慢性绝症，你的
失落无处安置，累加到以死反击，激活我失效的歉意。对
不起，我想对你说声对不起，可当表达的冲动溢满指尖，
无论画或者写，每根线条都逃不脱提笔失魂、落纸失色的
咒罚。我从未如此气馁地感受到，表达本身，成为我表达
痛苦的局限。不日，宠物医院寄来吊唁卡，我把它高高举
起，逐行细读，只为不让泪水失控涌出，污染惦念你的心
传达给你的最后祈福。

　　豆豆，如果你能听到，哪怕只言片语，你会不会因此
安乐？你不善歌，临终难改与生俱来的本真啼叫，注定了
你非讨喜者——一个大多数鹦鹉擅长扮演的角色。你的漫
不经意与一视同仁，让人低估了你的心智。不懂得亲昵，
是否也不懂得悲伤？这未必不是幸事，一向于此不忿的我
竟有所动摇。我愿哀人唯我，为你承受所有悲伤；我愿在
你嬉戏过栖息过的地方，喃喃自语，烦言碎语，胡言乱
语，用每个音节祈求你原谅。奈何多少色光凌乱、烟霓缠
绵、箭风凋落，炼不成残存温存的绳索扼住我咽喉，所以
我无法停止，我想再试一次，将旷日积晷的忏悔变成诗，

至少以诗般的文字，为你灵魂之曲填词：

> 宠逝
> 你的温度，从我渐冷的掌心
> 流进渐热的心，点亮每簇跳动
> 星火，在你眼中缓缓熄灭
>
> 空笼子，葵花籽壳，哑了的黄铜风铃
> 你刚啄过的圆形水面上漂着的羽毛
> 像碎玉兰花瓣。阳光，暖得我打战
>
> 如置身沉船，我伸开双臂，模仿
> 你不再飞翔的翅膀
> 呼吸比烟轻盈，窒息着，下陷
> 你的鸣啭遁入空山梵呗，暂停了
> 时间的追赶。而我，已无缘重温
>
> 吻，最后一吻后
> 便是凡尘尽头。你肉身入土
> 我将怀拥你的虚无，一遍遍祈求般涅槃
> 很慢，很满，从此什么都很淡
> 虹雨，流韵，茗饮，伽蓝香
> 泪的味道，也一样
>
> 接受你的考验。我深知
> 你正以另种形式，伴我修行

余音未了，世事难料，也许缪斯秘制的祷告，从发轫

71

之始便附身于你，持续润色我襟情与至情的草稿，施助我，在对你未完待续的反刍中，参悟成人之道。请放心，我的爱将从这端的时空扩展，升华，照亮你幽居于彼岸的焚香的城堡，因为你给我的示导是火种，是良药，是你用生命之重换来的、超越生命维度的珍宝。……但愿你知道，豆豆，但愿，你知道。

也许你知道

初中英语课本里，有个短语很触动我，used to do——过去是常态，而今已不在。书上的例句简洁客观，如，我过去常旅行（I used to travel a lot），他过去常喝咖啡（He used to drink coffee），我俩过去常见面（We used to meet each other）。但我觉得这个表述自带伤感，袒露出主语被剥夺了什么能力或权力后的回天无力。用荧光笔画知识重点的时候，我想起博物馆里的恐龙骨架、琥珀、三叶虫化石、木乃伊、福尔马林胚胎……突然间，一首靠旋律吸引我多年的歌《这里曾是我的游乐场》闪进我脑海，占歌词半数篇幅的"used to do"令我恍悟："啊，哦……"尽管当时，我悟出的只是字面意思：

"这里曾是我的游乐场，我儿时的梦，我觅友的去处。

为什么路皆有终点？为什么人们总说昂首前行，别回头，别追问，不等觉察生命短促，你已在心碎中老去，别停留在昨天？可我希望你在身边，只要希望不变，来到属于你我的秘密空间，我就能看到你的脸。你不仅仅是昨天，我拒绝说再见。"

初次听这首歌，我上小学三年级，一个羡慕长者信手拈来"十几年前，我怎样怎样"的年纪。一晃到眼下，我信手拈来的，何止是十几年前，而是"几十年前，我怎样怎样"了。这些"怎样"给不了我成就感，反倒令我羡慕起着急长大的状态，那是对成熟度未满的不满，或者说变满过程中，笃信溢满意味着圆满所怀有的纯粹的期待，沉醉于期待中的我，尚不知溢满预示的未必是稳定，更有可能是失落、动荡、变质、崩裂，甚至消亡。

小说《苏菲的世界》里，苏菲喜欢爬过自家后院树篱上的小空洞，进入灌木丛组成的大空洞，与世隔绝，思考哲学问题。我也想有这样一方净土，奈何年轻时居无定所，勉强称得上净土或游乐场的，只能算写字台布景，注意，中心词是"布景"，不是"写字台"。从费城，到亨茨维尔，再到亚特兰大，我试图将北京家中的写字台布景还原在每个落脚处，简单地说，就是一张面积大、抽屉少的橡木桌，桌角一盏暖光灯，桌沿一台圆形闹钟，桌面一张防水垫，剩下的区域堆满书、草稿纸、文具、毛绒玩具、饰物、零食，只留出一小块地儿写字。后来那一小块地儿被电脑占据，电脑里安装同样品牌的操作系统和应用软件，设置同样结构的文件目录和快捷图标，选择同样色调的桌面壁纸和屏保图片。富含流动性的定式给我基点、信心、安全感，佐助我以不变应万变，哪怕危机四伏，也要维持将满不满的水平线。

游乐场接纳过我神神道道的排遣。豆蔻年华，我模仿跷跷板，把六棱铅笔横架在闹钟拱顶上，并规定，铅笔失衡坠落前必须做完十道几何证明题，否则再做十道自罚。我把各学科名称写在纸条上，以矩形橡皮为圆心摆成一圈，再把橡皮当陀螺旋转，待陀螺停下来，有钢笔涂色的一端指向哪张纸条，就复习哪门学科。我把直尺斜搭在台灯灯柱上，底部固定胶条，制成滑梯，送给数字冰箱贴"2"做礼物，因为 2 是偶数里唯一的素数，异派卓殊，值得我精心照顾。

游乐场谙晓我甜中掺苦的秘密。卡通硅胶桌垫下，储藏过存活一天就被我撕碎的日记。日记的主角是位篮球高手，从初中到高中，我不能免俗地与众多女生垂涎他的风采。我最大的幸运，莫过于和他做过一学期同桌。课桌下的空间容不下他的长腿，他坏笑着用脚尖顶我的鞋，侵占我的地盘，搞得我腿脚不知往哪儿摆，怎么摆，耳朵听不清老师点名，心几乎跳出嗓子眼。课间，他和同学打完架，阴着脸回到座位，我大气不敢出，憋了一下午，才在放学前挤出一句"你还好吗？"他摆手说出的"没事"让我感动——他真体谅，没把气出到我身上。

被老师按成绩分到不同梯队的我和他，有意无意避免交谈。他一句玩笑"跟你这样的好学生挨着考试，我像进了佛香阁，心里踏实"，让我悲喜交织，喜不必说，悲是因为我意识到，好学生是我在他眼中唯一的亮点。特写"好学生"，少不了服从、安全、古板、无趣、素面朝天，不带七情六欲。手足无措的我，为了让他有向我开口的动力，只好保持这个我不喜欢的形象。他给我看他心仪女孩的照片，我摆出机器人表情，显得置身事外，其实五脏六腑早碎了——书呆女暗恋坏小子，多牵强的笑话，对他来说太丢人，对我来说太尴尬。

与"游乐场"捆绑的考学生涯里，所谓的"学累了换换脑子"，是指从背单词换到背古文，从默写数学公式换到默写化学方程式，真正的放松并不存在。我夜夜趴在写字台上备战中考，体检时找不到视力表上最大的 E，配上眼镜后，继续备战高考，由单纯近视进化到近视散光，远处近处均为雾里看花，考上大学没两年，开始备战托福和经企管理研究生入学考试。英语不错的父亲，不幸成为我发牢骚的对象，好在牢骚内容大同小异，应付起来也算容易，如："唉，老爸，有道逻辑题说，科学家本以为某物质会导致乌龟得癌症，后来发现一条河中得癌症的乌龟多，水草也多，所以得出结论，水草是导致乌龟得癌症的真凶，问什么条件削弱了结论？一共五个选项，我猜到第四次才猜对——某物质促进水草大量繁殖。你说，我这个水平，是不是考不出像样的分数了？"

留学期间，我位移到地球另一端的"游乐场"赶作业。Java 编程课教授是游戏迷，今天让大家写井字棋，明天让大家写海战棋，循环语句嵌套条件语句，漏掉一个边界检查，运行时，控制台日志就寒光四射地往外冒"内存不足""参数错误""空指针异常"。焦头烂额鏖战两年，我苟延残喘地结课，毕业，面试，工作。等到有一天发觉，我并非被动，而是主动坐到了写字台前，闲暇和闲心才肯眷顾我，容我与父母更多地分享生活。母亲把我从 13 岁起饲养的黄缘盒龟举到摄像头前跟我打招呼，我呢，冲镜头捧起我在院子里捡到的、外号"美国版黄缘"的东部箱龟。两位亲戚隔着千山万水大眼瞪小眼，凸镜状角膜上泛着湿漉漉的惘然。

永远不愁聊什么，永远可以揪住一个话题点，沿着时间轴及空间轴无限拓展，任意跳转。我说我上周参观农场，在花丛里发现一窝雏鸟，它们本来靠保护色完美隐蔽于杂草石块，却被鸟妈妈逢人接近便怒吼的守城术暴露，这般高调无效的自卫伎俩，无异于此地无银三百两。父亲说："记不记得你中学放学回家路上，捡到过一只幼鸟，咱们去公园，把它放生了？"母亲回答："记得记得，咱们还从野猫口中救下过一只，可惜它受伤严重，没活过两天。"我接过母亲的话："最神秘的鸟，要数我小学二年级暑假，在你办公楼前面的建筑材料堆上撞见的那只了，分明见它钻进一根钢管，却再没见它爬出来。""对了，"母亲打断我，"你家门廊上的鸟窝今年有小宝宝孵出来吗？"

松弛关联又彼此独立的故事，从上周，飞往 20 年前，再跳到 30 年前，最后一拐，兜回今天，仿佛一串珠子，没头没尾，颗粒分明，貌似毫无衔接，却贯穿着细线，随意提起一节，无须铺垫与注解，即是琮琤悦耳，流畅自然。也有时候，我们开着摄像头，各做各的事，想起什么，吆喝一声，恍惚中，有共处一室的错觉。

"视频通话真好，"母亲跟我念叨，"你爸 80 年代初被市科委选派出国工作，一走就是一年半。那会儿家里没电话，联络靠写信，平信啊，一来一回，最快也要一个多月，哪像现在这么方便。"她向我炫耀父亲的家书，连同父亲给她绣的手绢，我不知道父亲居然擅长抒情，还擅长女工，细腻的语调和细密的针脚，让我深深的惊讶掉到纸上，印出浅浅的几行字：

> 父亲曾在异地打拼
> 寄来的问候
> 被母亲的泪浸皱
> 如今我为梦想奔波
> 母亲的泪
> 穿过视频窗口，落在
> 我微烫的键盘上头

再后来，我的孩子挤进视频窗口，将我淘汰为旁听者，代替我同父母对话："姥姥姥爷，一棵松树和什么一样大？猜不出吧，告诉你们，一棵松树和一棵松树一样大。""我认为，'0'是所有数字的中心！""我今天在幼儿园操场上看到0.9只鸟，为什么是0.9？因为它少了只脚。""我相信我们不会死，如果大爆炸诞生了宇宙，那么等宇宙和宇宙里的我们老了，只要再爆炸一次，我们就能重生。"

日常中循规蹈矩的死结，轻易被孩子无厘头的想象力化解，他的解法蕴含着主流招式传承中，未经驯服的突变。若借用《这里曾是我的游乐场》的音乐短片创意，便是打开老相册，一页页翻过硫酸纸，凝视黑丝绒底色上泛黄的花瓣逐渐清晰，夺目，轮廓重组，簇成金莲华炬，绽放出精致惊世的音调。

你看，我算长情的人吧？喜欢的歌从没变过，自己的头衔也从先锋歌迷，到怀旧歌迷。趁着孩子和父母滔滔不绝，我打开手机上的听歌软件，上下滑动智能推送功能根据我的浏览史，为我展示的20世纪末流行曲，其中有《这里曾是我的游乐场》。戴上耳机，点击播放，一声"这是我们共同奔赴的地方，世上无人胆敢摧毁"飘进耳朵，泪腺便开始分泌液体。一时间，我说不出生命中有哪个具体场所刻骨铭心，也说不出歌词里陪伴我的"你"究竟是谁，是什么，是零，是一，还是列举不完的许许多多？若有形态，为什么我用双手捉不住？若有光影，为什么我用相机拍不到？若有色彩，为什么我用颜料画不出？若有震撼，为什么我用文字道不尽？还是说，但凡动人至极的神秘，必须如谜语，如珍宝，如叠翠流金的梦幻，等到肉身在尘网中争厌了，演烦了，漂倦了的时候，才能体会梦里沉甸甸的两个字——思念？

此刻，我在循环的旋律中撰文，"游乐场"上的繁忙一如既往，软玻璃桌垫映出我忽而踯躅、忽而疾趋的双腕，萱草黄的灯光似余生袅袅，温热弧形钟罩里时间的脉搏……也许，你在陈列标本的展厅前，叹息过香消玉殒的季节，奈何蝶魂不闻蚀心之悔，纵然只隔一面冷窗，却相隔了两个世界。也许，你知道，你是寂寂流年最全面的见证者，只不过碍于年轮排列的教条，你监禁了木质赋予你的灵性，当温度、湿度、颜色、声音和气味得以假释，你将以最浪漫最嚣张的架势，预言语言不能繁衍的寓言。

我期盼那天到来。

Chapter Two

第二章

半　途

我们把诸多客观归为主观，命名：幸福

峡湾渡轮忽远忽近

篷帆探进五色云掌心

拨转光的菩提子

"生命之流"，罗素说

若舱与舱连通，桅樯生长入海

幸福，是减去灯塔的抵岸 [①]

我们用毕生追逐：梦，含部分矛盾情结

解开，绕众生安危

系紧，锁私宅门扉

后羿夸父招摇过市，许由无人拜访

不确定性企图削弱重要性？

或障眼法变奏了烟霞志？

执念，造就半途幽灵

什么难以抛却？

对局部反熵 [②] 的敬畏

雪花：水汽魂髓，过饱和呼吸

钟乳石：倒挂佛，打坐万年，悟寂

活体：螺旋式发育，修身洁行

离心力：轮回的假想敌

---

① 参考贝特兰·罗素《幸福之路》。博爱、淡泊名利、减少攀比，可增强幸福感。

② 反熵：此处指克制欲望，不随波逐流。

什么易于获取？

最隆重的两度赤裸：初啼，葬礼

繁衍，有幸弥补我第一次记忆

高维度点拨，能否在第二次降临？

——待我用肋骨撬开

隐藏波斯猫的箱子盖 ①

---

① 薛定谔的猫。掀盖前，运数未卜。

吠 雪

前奏

"刚刚，借我一条你的裤衩吧！"娇滴滴的声音绕过冲我撅起的雪梨臀，打着旋儿飘来。冷飞白面朝悬窗，从碎花裙里褪下肉色三角裤，抛到床上，阳光穿透裙摆，沿着她又长又直的腿，晃悠悠地勾边。

"你自己的呢？"写作业的思路被打断，我有些不耐烦。

"都脏啦，没空洗。"

"你有空见戴伦没空洗裤衩？再说，你去见戴伦，还用得着穿……"

"讨厌讨厌，不理你了啦。"她眨眨眼，嘟嘟嘴，甩甩手，哼着小曲儿扭出宿舍："你要往哪走？把我灵魂也带走，它为你着了魔，留着有什么用？你是电，你是光，你是唯一的神话，我只爱你……"

中文歌？冷飞白同学，你居然唱起中文歌了？你忘了你的由衷之言吗？——"我从不听中文歌，从不听，从不。"难道这就是坠入情网的状态？先不说个性突变多少，脑子摔成几瓣，单单荷尔蒙，就已经泛滥到跟我这个同性室友都要发一发哆了。

可怕，真可怕，我不要变成她那副样子，我不要谈恋爱！愤愤摔下圆珠笔，我把摞到下巴尖的稿纸往前一推，哧溜——稿纸滑向写字台边缘。不好，我蹿起来扑上去，幸好按住纸角。重新落座后，我深吸了口气，继续写写不完的作业。为什么作业这么多？因为写完了自己的，还要写冷飞白的。为什么给她写作业？因为组员合作项目，共享 60% 的得分。她忙着和戴伦约会，我不替她写，自己的成绩也要被拉下来。她不在乎学分我在乎，她的托福差七分满分，我的出国申请才刚开始，我能不急吗？问题是一周前，暑期交流项目拉开帷幕的时候，她完全不是这样。她的判若两人，导致 2004 年 7 月——我在密歇根理工大学做交换生的整整三周被学习占据，不过占据我记忆的，倒是学习之外的见闻。

主歌 1

我在飞机上睡得东倒西歪，眼皮开开合合就到了地球另一端。接机的面包车有点小，塞完行李后，每人只能用奇怪的姿势来填充行李间的空隙。我蜷成球窝进角落，脑门贴着侧窗，消受着背后甄琪的大嗓门："你们知道吗？这趟出来，全校报名的 14 个同学里头，就咱六个女生拿到了签证。签证官给过的坎儿也绝，必须得有出国经历才行。幸亏我以前去过好些地儿，把他侃得一愣一愣的，他还问我交没交过外国男朋友呢！"甄琪家离学校两站地，可她习惯住校，说愿意跟大家伙扎堆儿。她是国际贸易专业班长，瘦小的身体里装满能量，开腔犹如吹唢呐，洪亮中带着浓浓的鼻音。遭拒签的老师任命她做领队，她成了孩子王。怪不得，我想起签证官上来就问我去过哪些国家，我光顾着跟他形容泰国的蜗牛有多大，棕底白条纹的，像香草巧克力甜筒，没说完他就让我通过了。

"刚才飞机上挨着我坐的大胡子跟我嘟啵了一路，说他们打小学就接受性教育，老师家长从不拦着孩子们发生关系，反正拦也拦不住，不如趁早普及避孕知识。他们要是上大学还不破处，会被瞧不起的，还说他妹妹大一暑假带回家两个男朋友，欲从中择一做夫君，他妈妈觉得婚事不能操之过急。他妹妹不以为然道：'妈妈，你和爸爸 16 岁就有我哥了，为什么不许我 18 岁结婚呢？我那么听话，都成年了还没当妈妈，你不为我自豪吗？'哈哈哈哈哈……"我惊讶甄琪怎么这么不见外，心里有些不舒服，又听到其他人热情高涨的附和："那咱们早过 18 岁了，是不是也该不听话，开开洋荤啦"，心里更不舒服，谁跟你们咱们咱们，你们爱跟谁开跟谁开去。车到拐弯处，我的脑袋顺着惯性左偏 90 度，看到有个斜靠银色复古行李箱的女生默不作声，阳光滑过她的脖颈，像滑过半透明的和田玉。

这里的树真多啊，流光飞舞的绿色逶迤起伏，不费吹灰之力启动了我的方向感——之前我的方向感像停摆的钟，不实用却能指明两点：家、学校。现在，它全盘错位地运转，叫我时时刻刻晕头转向。

总算到了目的地，藏身叠翠的鸟儿们唱出宽宽扁扁的砖房、说说笑笑的行人和三三两两的车辆，一切恍若世外桃源。分宿舍的时候，有人轻拍我肩膀："咱俩一屋好吗？"我扭过头，是车上那个安静的女生，团团脸戴眼镜，瓷娃娃似的，眯着弯弯的眼睛冲我笑："我叫冷飞白，今年上大三，国际贸易专业的。你呢？"冷飞白，好文艺的名字，出自北宋大臣陶谷的《清异录·天文》，是雪的异称。所谓名如其人，我对她顿生好感："没问题。我叫胡刚刚，大二，信息管理与信息系统专业。"

同款的眼镜，同类的性格，同样的目标，同住西城区，我们身上有找不完的共同点。她告诉我，她不久前以高分拿下托福，正一鼓作气备战经企管理研究生入学考试："我来这儿打算踏踏实实学习。眼瞅着毕业就该来美国留学了，可不能跟那帮没出息的人搅和在一起。隔壁那间宿舍大，让她们在里头疯吧。"

"踏踏实实学习"，不记得上次听到这话是什么年月了，几近感动的喜悦刺激着我的运动性语言中枢，我跟她聊学英语中的收获和困惑，说最早为了听懂英文歌咬牙啃字典，不料，视如畏途变成爱屋及乌，英文歌词帮我答对了不少语法选择题和完形填空题。本以为一路考第一就万事大吉，直到出国才发现，想说话时张不开口，张开口时词不达意，看来从书本理论过渡到实际应用的大业，任重道远。她同意学英语没有捷径，不管怎么学都有提升空间，自己今天的成绩来自十几年如一日的高强度训练。我从心底佩服她的毅力。

我跟她聊娱乐圈的新闻旧事，从新鲜出炉的公告牌百强单曲榜，到布兰妮和麦当娜在音乐录影带大奖颁奖舞台上的热吻，从声名狼藉先生天赋过人的唱词，到科特·柯本的神秘之死。她对美国流行文化的了解程度不亚于我，虽然一出美国国界就出了她的关注范围，我也不在乎，不听中文歌就不听吧，有个看得见摸得着的人听得懂我在说什么，我已经乐得找不着北了，还管她听得懂多少。就连睡觉的点儿到了，都要躺床上接着聊。

我告诉她我正在步她后尘，拼标准化考试以及加权平均成绩。这次暑期交换作为一门选修课，占三个学分，我不能掉以轻心，同时好奇，号称留学首选国度的高校有着怎样的治学环境。虽然我不知道最终落足何方，但我知道，我不属于现处的环境。我现处的环境谈不上治学，因为治学者寥寥无几。教授讲课心不在焉，一学期下来，进度依旧停在课本前言，自己的丰功伟绩倒是罗列了不少，包括但不限于资格有多老，科研水平有多高，福利待遇有多好，客座教授邀请函上开出的条件有多豪——只要授权播放本人讲座录音，不菲的报酬便可换得酒足饭饱，那绝对是"运筹帷幄之中，决胜千里之外"。可惜单纯的成果展示，不具备足够的鞭策力唤醒台下众生的内驱力，因为听课的人同样心不在焉。C语言上机课是大多数同学的网游课，随便叫起来一个问问，最基本的冒泡算法都不知道怎么实现。

　　我给她讲我们专业的女生宿舍有五员猛将：一号选手每天早上四点起床，花 4 小时化妆，她的包包、丝巾、鞋子全堆在床头，她嫌她家只有一间房，卧室和客厅靠帘子隔开，根本放不下这些礼物。二号选手没撑过大一第一个月，就和从老家投奔她的男朋友在校外租了套房，养了条狗，过上了小日子。她妈妈打电话到宿舍，我们用"她去上自习了""她去洗澡了""她去买吃的了"……来搪塞，各种理由转了好几轮，最后黔驴技穷，只好请她妈妈打她手机。她鲜少上课，考试靠三号选手和四号选手给她递纸条蒙混过关。三号、四号选手老拌嘴，三号选手认为要嫁就嫁断子绝孙的富老头，老头一蹬腿，财产全归她，四号选手说你傻，找有钱的不如找有权的，有权意味着有钱。五号选手是游戏迷，为了不耽误打游戏，练就了不用筷子不用眼，左手将一饭盒炒土豆丝稳送入口，右手照常操作鼠标的本领，她与游戏搭档结为虚拟夫妻，忘情地生活在另一个空间。剩下我是书呆子，不掺和无关学习的事，延续着符合高中生违背大学生生活的模式，所以净挨损。不光挨她们损，还挨系办公室咨询处的师兄师姐损："别人咨询选修课，都问哪门课好过，你倒好，问哪门课有用，这种问题啊，我们解答不了，你回去自己慢慢琢磨吧。"

我无言以对。印象中，唯独体育老师强调过女生学网球有用："艺不压身，艺不压身哪，说不定哪天你们成了球场上的万人迷，各种机会就来了！"——我无心博眼球，此番例证，吹灭了我学网球的热情。

冷飞白边听边摇头说："这都是些什么人啊，品位真差，我老宅家，不知道班里的烂事，光听说有人为保研争得头破血流，至于吗？赖在这么个地方？不可思议。我到学校主要是上英语课，外加跟外教聊天。我英语好，外教可喜欢我了。"

砰砰砰砰砰，敲门声烘托着甄琪的呼唤打断了我们的交谈："派对！有外国帅哥！去不去？"冷飞白看我，我使劲摇头，她冲外喊道："不去！睡了！"是啊，明早要上课，也不看看现在几点了，这一去，回来还不得后半夜。

"啐！甄琪整个一事儿妈，大事儿小事儿跟我过不去，嫌我不参加运动会，不跟班里人打牌、逛街、泡水吧，嫌我不叠被子，拽衣服像天女散花。天女散花怎么了？我就是天女！她呢？还珍奇，我看真俗倒差不多！"冷飞白发着牢骚，手脚麻利地关了灯跟我道晚安，留我在黑暗中略受惊动地解读她的愠怒。

时差动摇着梦的沉稳，清醒与迷糊的对峙中，形同虚设的木墙板大面积渗进贯穿走廊的喧哗："说，他摸没摸你？摸没摸？都摸哪儿了？……是这儿吗？还是这儿？哈哈哈哈哈……”早上，我到公用卫生间洗漱，赶上甄琪宿舍另外三人声情并茂地回味昨晚的派对，说有个中东博士后风度翩翩，神采奕奕，他上下求索的手张弛有度，游刃有余，仿佛伸进谁的衣服，谁就能发光。“衣冠禽兽”，她们这样叫他。

从宿舍到教室，走路 10 分钟，阳光到了这里，褪去了在北京时的温暾忸怩，无遮无拦地晒下来，烙铁一样烫人，利刃一样晃眼，让五颜六色的秘密无处可藏。本来说蓄势待发来个开门红，结果刚上课我就傻了。老师问大家的名字，所有人流利地报上自己的英文名：维多利亚、艾拉、克莱尔……唯独到我，我说我叫刚刚。有条不紊的课堂节奏打了磕巴，一屋子半张的嘴转向我，夹带着冷飞白近似耳语的调侃：“您这都来美国了，还不给自个儿起个英文名，中文名多老土，多难发音啊！”我心想：哪儿老土了？“刚刚”不难发音吧？“飞白”也不难发音吧？看我不知所措，老师从热门名字排行榜上拎出一个送给我，我只好让它出现在作业署名栏，除课堂外不用，也再没有过英文名。

后来，我在留学和工作中发现，不少国家的移民，像巴西人、墨西哥人、伊朗人、尼日利亚人……都用本名。

他们的本名一点不比中文好读，有的带卷舌音，有的重音不符合英语规律，有的字母发音不符合英语音标。其中以印度名为甚，不仅分节多，而且每节都长，就算超出公司电子邮件系统设置的长度限制，被拦腰砍掉好多字母，他们也不改名，而且继续给在美国出生的孩子取印度名。名字，一个最能体现个人特点的标志，为什么要违背"行不更名，坐不改姓"的古训而隐藏起来呢？名字的主宰者，又为什么要低估外国人的发音能力和母语的魅力呢？事实证明，我的名字以独特的拼写和读音，向来是最快被记住的，而且是绝佳破冰话题：有人猜它来自非裔，因为帮匪说唱（Gangsta rap）；有人猜它来自韩国，因为热门歌曲《江南 style》（*Gangnam Style*）；有人猜它来自印度，因为圣河恒河（Ganges）。我会耐心等待各种假说陈述完毕后，揭晓谜底：它来自我未曾谋面的爷爷，因为爷爷早逝，奶奶将他名字中的"刚"字摘出，重叠后为我命名，以表纪念——听者恍然大悟，赞叹不已。

　　作为对名字极不敏感的人，我被每人有两个名字的情况搞得头大，接下来的三周，只记住了另外五位中的三位，不过这比起我大学四年，记住了全班 32 位中的 12 位来，还是强了不少。

主歌 2

习惯了都市的霓虹、重金属、水泥灰，还有被玻璃幕墙反射出的二手天色，我为这里葱翠原始的绿意而迷醉，细密交错的光影中上演着大自然的小把戏：灰松鼠叼着野苹果一溜烟蹿上树，荧光蓝的蜥蜴在落满松果和橡子的草隙间穿梭，蘑菇的花伞下，蜜蜡色的松毛虫和石榴红的蚂蚁忙忙碌碌……我还没来得及体会其他人张口闭口的"好山好水好无聊"是什么意思，学习兴致已经被作业形式的多样性调动起来——自导自演名著；致电附近餐馆咨询特色菜；随机采访校内同学，获悉他们的爱好及职业规划……最有意思的是第一天下课前，老师发给每人一盘空白磁带和一张写满问题的字条，要求我们每次挑选字条上的一个问题，将回答录在磁带上交给她，她会将反馈录在磁带上还给我们，如此往复直到课程结束——她管这项作业叫"互动日志"。我惊喜，不存在标准答案的作业复苏了我的想象力，而我的想象力，居然没有在积年累月的题海中溺毙。

冷飞白倒是淡定，笑而不语地看着我为作业激动或者忙活，恰如其分地解答我的各种问题，如这个东西英语是什么，那件事情英语怎么说。她脑袋里不仅装着英汉词典，还装着地图和指南针，简直是我这个路盲的大救星。我成了她的跟屁虫，跟她有说不完的话，一礼拜恨不得把憋了两年的话都跟她说了。周五下午，老师要求大家分两组，着手准备期末产品设计项目，冷飞白坚持要求和我并且只和我一组："人以群分嘛，她们四个凑一块儿挺合适。刚刚，你别担心，我英语好，一个顶仨。"

　　周六的活动是观看镇上的露天音乐会。来接我们的面包车上坐着位不速之客——司机的本地朋友，大三学生戴伦。戴伦的横向比纵向发展迅猛，一人占了俩人的位子，脸上的肉把眼睛挤得细细的，鼻子挤得窄窄的，嘴巴挤得短短的，模样甚是喜庆。大家围着他叽叽喳喳地问这问那，冷飞白朝我撇撇嘴："瞧瞧她们那副德行，人来疯。"

　　到了目的地，乡村音乐已经上演，舞台简易，气氛随意。有人坐在草坪上，脚打着拍子，摇头晃脑；有人拎着啤酒瓶四处攀谈，得意时手舞足蹈。路边花里胡哨的冰激凌车吸引了成群小孩子。大孩子们穿着旱冰鞋兔子一样穿梭。很难想象这是小镇最热闹的景象，由于地理位置接近北极圈，雪能从9月下到来年3月。即便是雪与雪的间歇也填补着漫天冰霰，折胶堕指令人们足不出户。所以夏天是最宝贵的季节。如此短暂的美好，大约怎么挥霍都不为过吧，稀缺性模糊了善恶，以至于闪现的克制也是虚度，微量的讨伐也显苛刻。甄琪招呼所有人聚在一张带长凳的野餐桌周围，冷飞白揪揪我衣袖："走，咱们溜达溜达去。"正合我意，来时的路上，我注意到路边色彩缤纷的教堂，小巧玲珑，各不相同，我想仔细观察观察。

　　不一会儿，我们走出乐声覆盖的范围，大同小异的街道布局无限复制粘贴，四周死寂得犹如沙漠。好在有活地图冷飞白做伴，我只管给教堂拍照，尖顶的、圆顶的、平顶的，灰的、白的、红的……看看她，一言不发走在我身边，目不斜视，似乎不在意周围景色。镜头里时不时伸进天上的电线，提醒我换个取景角度。走走停停，不知过了多久，再想起来看看她的时候，发现她不见了。她怎么不见了？心漏跳一拍，我原地转了一圈，满街只剩我一人！强光刺眼，激出浑身冷汗，恍惚间，我回到 5 岁，在闹市里发现跟妈妈走散后，天旋地转的时刻。当初我贪吃糖葫芦，忘了抓住妈妈的衣角，现在我顾着拍照，忘了盯住冷飞白的腿脚。我在哪里？要站这儿等吗？还是继续走？继续走会遇到人吗？会遇到坏人吗？他们会发现我丢了吗？他们什么时候会发现我丢了呢？思来想去，我觉得不能坐以待毙，便硬着头皮踏进一家加油站，询问音乐会位置。

柜台前的老妇人颇为热心，连解释带比画加画图，总算帮我搞明白了方向。出了加油站，我机械背诵她指点的路线，往回直走到第三个街区路口左转，再走两个街区右转，终于隐约听到咚咚的鼓点，我激动地一路狂奔，远远看到冷飞白跟戴伦挤在长凳上看表演。戴伦霸揽长凳中央，只给两端各留出个小角，冷飞白就着左边的小角坐着，脊背挺直，半个屁股悬在外面，若无其事地跟他谈笑风生。

不好意思上前打扰，我靠在他们身后十几米开外的花坛上玩蚂蚁，消化着对冷飞白不辞而别的不满。渐渐，疑惑超过了不满，周围那么多凳子不坐，非要挤一条，这是练什么功呢？我花坛都靠累了，她还纹丝不动，简直牛大发了。我那时不知道，当人的精神高度集中，意志力会把全身能量调度到关键部位，并忽略任何干扰亢奋的不适感，等到她喊腿酸，已经是晚上进被窝以后了。

第二天她想借游泳舒展腿部肌肉，正好我没去过校内游泳馆，便欣然跟从，并叮嘱她不要游太远，因为我的游泳镜没有度数，怕找不到她。她说："放心吧，我也看不清，我不会离开你的。"白皙丰满的胴体配上象牙色分体式泳衣，她如同踱出油画的女神，昂首挺胸地领着我，沿泳池岸边从深水区走到浅水区，斩获一路"好身材"的称赞。

　　我俩游了几圈后，开始比赛谁憋气憋得久。比着比着，我从水里探出头，发现她不见了，她又不见了！心来不及漏跳，我慌忙眯起眼四下望去，看到她正游向斜前方角落。我划水跟上，越近越察觉出不对劲，她的目标是一团体积庞大的白花花的肉，那团肉的主人，是戴伦。冷飞白游进他的引力场，一下子就被吞没了。条件反射地，我停了下来，感觉他们像一对不配套却试图融合的细胞，一个被另一个吸收，排出，再吸收，再排出，循环不息，孜孜不倦。我踩着水，心乱如麻，进退两难，只好自娱自乐，问题是自娱自乐总觉得时间过得缓慢，每隔 5 分钟看一眼墙上的巨型挂钟，看秒针转了一圈一圈又一圈，直到手指头肚都泡掖了，跟葡萄干似的，冷飞白才游回来，说咱们走吧。

　　一路上，我小心翼翼观察她，交谈的时候避重就轻，不敢询问刚才的事，像面对一件冰雕乐器，生怕碰断了哪根弦，破坏了静若幽兰的美感。她似乎与平素并无二致，只提了句她请戴伦教她潜水，可她怎么也学不会。我开始怀疑自己多虑，没想到吃完晚饭，她吞吞吐吐地说跟戴伦约好过会儿切磋国际象棋，要我一起去。紧绷的弦断了，无人觉察的脆响痛击了我，我说我要做小组作业，你去吧。她回道："那个破作业不要紧的啦，我从来没和男孩子独处过呢，我好怕怕哦。"我反问："你们不是游了老半天泳吗？怎么叫没独处？"她说："旁边不是有好多人呢吗？刚刚，你最好了啦，我求求你了啦，和我一起去吧。"

下棋的地方在戴伦宿舍楼顶层的休息区，围着小圆桌摆三把椅子，他俩对坐，我在正中，貌似裁判的位置，实则灯泡的位置。缺乏饱和度的光为棋盘蒙上一层轮廓难辨的酱色，戴伦语调微醺的技巧讲解，我一句也听不进去。后悔刚才耳根子软，被冷飞白抻过来，这下尴尬了不是？四处黑灯瞎火的，我又不知道怎么往回走，只能跟这儿耗着。唉，真应该把课堂笔记带过来写会儿作业。

表情热身虽然简短但强度不低，经过一番密集有序的眉来眼去，戴伦趁冷飞白落子的时候，捉住她的手响亮地亲了一口。"大坏蛋，小心我吃了你哟！"冷飞白娇嗔满面。"什么叫'我吃了你'？……哦，原来你的'吃'是指吃棋子。那你知道'我吃了你'在英语里是什么意思吗？""我的天哪，戴伦，你好调皮的啦！""我的甜心，你知道'调皮'在英语里还有什么意思吗？你愿意跟我回宿舍吗？我们要在门把上挂袜子吗？你知道门把上挂袜子是什么意思吗？"……什么意思，什么意思，我再不知道什么意思，看他俩一个欲迎还拒，一个欲说还休的样子，也能猜出来。况且整个场景一点都不浪漫，戴伦全程放蔫屁，那个难以言说的气味，不光是硫黄和氨水的混合，还有一筐倒进地沟的烂鱼。我觉得我的脸一定被熏成了绿色，要么就是一会儿红一会儿绿，这个大灯泡当得我，真憋屈。

　　冷飞白自然毫无察觉，此刻的她已完全沦陷。温柔不足以形容她的眼神，那是我从未见过的顾盼流光的深情，如幽境之门瞬间打开，万紫千红喷薄而出，绵绵不绝。她望着戴伦，我望着她，望着我以为不变的友谊迅速生变。我迅速沉默，像鸮鹦鹉面对白鼬的逼近一动不动，只等威胁自动远离。我的过分被动，大概来自刚上初中那会儿，有个女生天天找我吃午饭。一次上完体育课，我们从操场直接去食堂，她说饭卡落在桌斗里，要回教室拿。我问她要不要我陪，她没吭气，拔腿就跑，我只好先去吃饭。结果她向周围同学控诉我到声泪俱下，说不陪就罢了，等都不愿意等，这算什么朋友？我莫名委屈，解释和道歉的无效，让我意识到自己对友谊的无谋——不懂猜心思，也不懂斗心思，所以不懂花心思。

　　"刚刚！"突然，戴伦转向我，"为什么不管我问你什么，你都只说'是'或者'不是'？你知道只说'是'和'不是'是很无礼的表现吗？"我近距离打量着他高原红的脸颊上均匀分布的油光，大声说道："是啊！"

那天临睡前，除了互道晚安，一反常态地，冷飞白和我无话可说，确切地说，是我和冷飞白无话可说。然后，我失眠了。

主歌 3

而一切只是开端，接下来，事态发展出乎意料。不到三天，冷飞白与除甄琪外的三个女生打成一片，每逢从戴伦那儿回来，必直奔隔壁炫耀战果。她们交流经验的声调比唱戏夸张，加上不关门，听不到都难。总结一下，大致是谁谁谁上午约德国弟弟钓鱼，下午约肯尼亚哥哥品酒；谁谁谁在健身房偶遇南美型男，当晚就跟人家去跳墨西哥贴面舞；谁谁谁那天穿着俄罗斯研究生伊万的圆领衫之类。曝光率最高的莫过于，谁谁谁和新认识的犹太男生打网球的时候，成了球场上的万人迷，围观者排着队管她要联系方式，这真是艺不压身，艺不压身哪！通常说到亢奋处，音量陡然压低，似柔风甘雨，淅淅沥沥，几乎静音的瞬间，狂笑如火山喷发，分贝一路飙升到失控，不止撕心裂肺，胜过山崩地裂，吓得我毛骨悚然。不知为什么，我想起画皮的故事来。

有次冷飞白回来后，意犹未尽地跟我说："我今天的经历很特别呢，可惜你太小啦，我不能告诉你的哦。"看我不愿配合她故作神秘的样子表现出应有的好奇或者艳羡，她语气一转："刚刚，戴伦家境不好。他爸爸无业，常年酗酒，动不动就打他妈妈。他恨他爸爸，只承认他是自己血缘关系上的父亲，这个父亲从没给过他父爱，从来没有。戴伦多可怜哪，谁能想到他看起来那么阳光，老笑嘻嘻的，真叫人佩服呀。我好感动哦，我要好好陪他，好好疼他，把我的爱全给他……"我本想揶揄她说："那咱们大学也有贫困生，要不你趁热打铁再接济几个？"没想到她说着说着眼圈开始发红，亮晶晶的泪珠顺着荔枝果冻一样的脸蛋，一颗接着一颗往下滚，搞得我鼻子也阵阵发酸。鬼知道戴伦给她念了什么咒，把她的魂儿拐跑了。彼时恰逢说唱乐团 D12 发行了录音室专辑《D12 的世界》，里面有首歌叫《忠诚》，被我私下循环播放了不止一百遍："他若对你不忠，又谈何是同盟？真的战士必与我们休戚与共。对人忠诚，你将获得忠诚。"忠诚在人际关系里的状态，永远介于稳定与非稳定之间，即所谓的亚稳定性。奈何笃友不敌男友，在我看来，友情历来是所有感情中最脆弱的。

　　我不知道同行的其他女生一贯如此开放，还是和冷飞白一样产生了骤变，只不过比她提前了几天？也许是猎奇小于巧饰、生理上的需求小于心理上的虚荣，导致冷飞白的实质在最初有所保留，也迷惑了我的视线。感谢她的本色出演，印证了我一度悲观的论点：处于安全性和保密性在可控范围内的自由中，慎独和放纵登台较量，胜者显而易见。偶尔与人提及这段经历，我必定被追问，你是怎么忍过来的呢？我也纳闷，我是怎么忍过来的呢？大学校园里，情侣们在宿舍楼前搂搂抱抱，自习室里亲亲摸摸，操场边上吵吵闹闹，我视而不见，不光心如止水，还有些鄙夷不屑。当然，我相信爱是永恒的，只不过永恒指的是爱这个动词本身，而非施受的对象。总觉得我与爱情之间有不易消除的距离，所以我孑然一身的原因有二：我看谁都难以接近，谁看我都难以接近。设想小孩子来到无人看守的糖果宫殿，其行为取决于此前尝没尝过甜头——没有突破，自然不会上瘾。或许尚未开窍，或许天缘凑巧，要是如今的我回到当时，不知能否依然洁身自好？

全新的经历重置了冷飞白的语言习惯，"耶""呀""哦""啦"……过量繁衍的语气助词压扁了她的舌头，躺得我脑仁发麻。同时，她向甄琪的室友们学来全套脏话，经典的、偏门的、全国通用的、地方特色的，并将其有过之而无不及地发扬光大。她擅长以女性生殖器为中心词，以男性生殖器的一系列别称做多重定语的组合方式，将脏话飙得标新立异，气势磅礴，甚至课堂上，都欺负老师听不懂中文，扯着嗓子以蔑称直呼之。周围同学侧目之余，纷纷朝她竖起大拇指，赠予她"女中豪杰"的称号。

课程越接近尾声，她越频繁地抱怨自己被老师当猴耍，因为如此低龄化的课堂内容侮辱了她的英语水平。她无法容忍老师把她当作英语是第二语言的外国人来对待："我在戴伦那儿学到的英语，比在课堂上学到的多多了，戴伦的品位，才是正宗美国人的品位！"她对老师变本加厉的咒骂使我心惊，一个与她不远不近、无恩无怨的人可以被她痛恨至此，我记起她对甄琪的评价，想她在人前会怎么说我……越想越沮丧，越想越悲凉。

静到瘆人的夜，星空白亮亮，宿舍空荡荡，不光屋里，连脑子里、心里也是空的，像单词纯洁"innocent"里的那个"o"一样空。我站在窗前抹眼泪，这时候，一直陪着我的影子也不知道哪儿去了。目之所及，唯有背叛。可哭有什么用呢，我哭给谁看呢？哭给我自己看吗？哭我自己的孤单？我比我原以为的要依赖她，我之前对她有多欣赏，现在就对她有多失望。可惜我没意识到，我的心病源于自身的局限。是起初的好感让我过早卸除防备，予她坦诚。她附和我否定种种世相的态度，让我错以为她与我观点一致，从而忽略了她另有所指的暗示。我对她的仰视，平息了她当面鄙视我的冲动，正负抵消的结果，等于她没把我当回事。所以我为什么要怪她？又为什么要怪她的那个他呢？如果我足够自信、独立、豁达，那么任何人的一切与我何干？——白雪公主一去不返，即便她回来，哪怕言辞哀梨并剪，我也不会为之所动。

有时我会想，外力的推动对价值观的形成有着多大的影响？冷飞白以感激的名义，高调宣扬父母对她的教育。她是他们移民美国的希望，学好英语是他们对她唯一的要求。多年来，她除英语之外的作业由父母分担，她除学英语之外的行为有权肆无忌惮，但凡与英语，尤其与美国沾边的活动，她一概得到支持：高中老师为她制订过改善偏科的学习计划，因父母为她的无条件辩护无疾而终；她三九天穿圆领衫从学校骑车回家，到家就发烧，父母非但不提醒她天冷要添衣，还鼓励她尽快适应美国人冬天穿短袖的习惯；她见了谁家的小婴儿都要抱抱，说妈妈很早就教会了她怎么抱孩子、怎么喂奶、怎么换尿布，要她为以后生混血宝宝做准备；她在电话里向父母汇报她和戴伦的感情进展，得到表扬的同时被建议，多花钱给戴伦送礼，舍不得金弹子，打不下凤凰来……各色冠名为"爱"的剥夺与补偿，非片言所能罗缕。我不由得记起儿时玩伴被她钢琴梦未遂的妈妈逼着练琴：弹好了，大白兔奶糖喂嘴里；弹错了，大耳刮子呼脸上。她刚满 9 岁便拿下钢琴业余九级，之后离家出走，所幸被民警找回，父母惊吓过度，不得不答应了她永别钢琴的要求——目睹过家长将自身愿望施加给孩子的普遍结局，再看看冷飞白与父母的"齐心协力奔美国"，我有些摸不着头脑。处于正态分布置信区间外的人与事，不好用常理解释，看不到豹斑的全貌，我无法定夺爱抚、射杀或逃离。

最落寞的时刻，庄严寂然又生机盎然的校园图书馆帮我恢复了战斗力。墨香弥漫的木结构城堡里装满经典的诗、精彩的事，精选的字以不可抗拒的魔力微显阐幽，道明经纬万端的知识。俯首是历史，抬头是现实，四周和我一样漫步书林的老师和同学让我相信，因小小的沙粒流泪的眼睛擦亮后，一定会盛下大大的世界。透过树之精魂幻化出的超越时空的纸制国度，我看到了我治学的归宿。

一天，我在书架前翻阅当代艺术杂志，为产品广告词设计搜集灵感。听到对面传来音量很低，但辨识度很高的带鼻音的英语，甄琪正在电话里与校方确认周末参观昆西矿场的行程。她怎么会来这种地方？突然意识到她有几天没跟室友们在一起了，可能领队需要协调的事比较多，没空娱乐吧，我猜。

冷飞白回宿舍的时间越来越晚，最后干脆不回了。正好，我熬夜赶作业不用担心开灯太亮、落笔太响吵着她，我想什么时候睡就什么时候睡。没了她，我有我的自由。不过有天早上我睡过头了，揣了几块巧克力冲出宿舍，忽闻一股浓香，呛得正要打喷嚏，右胳膊被一条又凉又滑的左胳膊缠住，眼里晃进甄琪的一个室友，高颧骨上点满小雀斑，顶着一头短短的、硬硬的、无论怎么洗都看起来油油的自来卷："宝贝儿，我今年都大四啦，还没谈过男朋友呢，你说，我是不是老得没人要啦？"她从没和我说过话，上来就是这番话，我都不知道怎么接话。奇怪，不是刚听说她搞定了大二的黄毛吗？黄毛跟我们住同层，暑假没回家，第一天就被她盯上了。上周末中午，几个女生跑到黄毛宿舍聊天，黄毛刚醒，还没下床，只见她推门而入，二话不说，贴着他赤裸的后背就溜进被窝……大家面面相觑，纷纷退场。——自来卷是不是知道我不在场，才要我分享她的此地无银三百两？

"桃红色绣花胸罩都飞出来喽！啧啧，黄毛祖上是日耳曼人，便宜她了。"我看着自来卷软绵绵的红唇一开一合，仿佛里面吐出的是冷飞白尖溜溜，不，酸溜溜的声音。

我该相信冷飞白还是自来卷呢？人们选择相信有关他人的谣言，是嫉妒心以不明显的阴险展现出的嘴脸。我嫉炉自来卷吗？谈不上。黄毛并非我钟情的哥特乐队主唱或者成熟大叔类型，自来卷也不那么符合大众审美观，或许我该祝福她。毕竟现实比教科书过滤后的世界残酷得多，灰心打磨出我的宽容。人性怕考验，无论灵羽还是凡羽，没有谁比谁正派，所谓正派，不过是没撞上对胃口的诱饵而已。可当时的我，觉得她是那么随便，那么虚伪，那么让我嗤之以鼻，以至于我像甩鼻涕似的甩开她的手，捂着鼻子跑远了。

主歌 4

最后一周，大家名花有主，"衣冠禽兽"以传说中的魅力，征服了两位佳丽。入夜后，只剩甄琪和我各守空房。她替她们组写作业，我替我们组写作业。她写烦了就找我扯八卦，扯得我一会儿哭笑不得，一会儿瞠目结舌：

"唉，别提了，我跟我们屋的人闹掰了。她们老嫌我管，我管什么了我？派对，去呗！野炊，去呗！约会，去呗！我从不吭声，除了一条——不要夜不归宿。你说这前不着村儿后不着店儿的，万一有个三长两短，我回去怎么交代啊？也赖我，一开始没立好规矩，把她们惯得没样儿。这不，一帮人还跟我掰扯什么火车站的盒饭死贵，是因为没有回头客，能坑一个是一个，这种一辈子来一次的地儿，干过什么又没人知道，你在家里装淑女还没装够啊？……算了算了，老大不小的人了都，一个个没皮没脸的。再过几天就熬出头了，我睁一只眼闭一只眼吧，爱谁谁。

"我瞅着你跟冷飞白处得不错啊……什么？一般般？哎哟喂，够不容易的啦，她在国内宿舍睡我上铺，平时清高着呢，见谁都不言语，光跟我们外教逗贫。好多男生把她当雅典娜似的供着，没想到她看上的是戴伦那款，呵呵呵。实话说我特不待见她，不就英语好吗？英语好有什么了不起？专业课能逃就逃，见天让我帮她签到，说她要学英语，学英语，一天到晚拿学英语当借口，什么集体活动都不参加。跟她说过多少遍不要搞特殊化，给我这个当班长的留点儿面子，可人家浑不懔。上学期统计学期末考试，考前老师突然要求打乱座位，我被调到她的位子上，低头一瞅，这满满一桌子公式哟，真难为她了，有那个抄的工夫，早背下来了。

"刚刚，你打算出国还是保研？没想好？我跟你说，你想保研的话，现在不动心思就晚了。谁说学习好就能保研？你看见的排名压根儿不是最终排名。大家为了保研，人脑子打成狗脑子。我有个师兄，一直说自己毕业后要出国留学，也不懂拍马屁。怎么拍马屁？给系领导们当跟班儿啊，什么搬书啊拎包啊端茶啊倒水啊，你得有眼力见儿。抱对了马腿，别说保研，连研究生毕业留校工作也能搞定。接着说我师兄，人挺聪明，就是有点儿葛，新年联欢会偏偏不给领导敬酒。按理说他的成绩专业第六，保研有戏，可他们班有个女生英语四级考了满分，破了校纪录，学院临时决定，给她的百分制加权平均成绩加 1 分。整整 1 分哪，你知道，0.1 分都能差出好几名。结果这个女生的排名从第 36 名跳到第 6 名，正好比师兄高 0.1 分，就在这裉节儿上，学院宣布保研 6 人，宣布当晚，师兄就失踪了。大家忙活了一宿，在紫竹院大湖边儿上找着了他，整个人神志不清，满口胡话，直接送去急救了。直到他们那届毕业，我都没见着他。

"你不知道，只有拼进专业前三，保研才稳当。第 4 往后都悬，说不定排在后面的谁来个什么好干部加分，就把你挤出局了，所以你得花工夫钻营。你看你们系贾老师就是个榜样，只要跟系主任在教学楼同层讲课，一到课间，保准屁颠儿屁颠儿到系主任的教室帮忙擦黑板，下面学生笑归笑，人家这叫本事，想留校吗？麻利儿学着点。

"我以后啊，我成绩不行保不了研，考研太累，遭了高考的罪，我可不想再来一遍。其实我挺想出国的，美国当然好，只是他们要求的那些个研究生入学考试，一个比一个难考；说去英国吧，一个雅思就够了，可雅思也得准备啊。反正我妈那边儿正给我安排工作呢，我让她给我找个轻松的挣钱多的活儿，你说，谁愿意吃苦啊？这趟出来都苦死我了，这么村儿的地方，甭说仨礼拜，三天就叫我摸个门儿清，刨去市中心的电影院和古董店，什么娱乐设施都没有。我想好了，一回去，我就要做按摩、足疗、美容、美发、美甲……"

甄琪赶了三天作业之后放弃了，说决定做一天和尚撞一天钟，混个 C 齐活。没了她轰炸耳膜，我孤军奋战到结课，拿到两组唯一的 A。当然我并非用蛮力，而是借互动日志回答"你面临过什么挑战"之际，向老师透露了我包揽作业的实情，她回复会在打分时有所考量。教育家史蒂芬·柯维说过，高效的关键在于安排优先事项的日程，而非安排日程表上事项的优先顺序。"无所不用其极"本是褒义词，对我而言无论褒贬，能做到实属不易。尽管我此行的优先目的在别人眼里不可理喻，但我一直牢记在心。其他人要么忘了，要么假装忘了，要么压根没细想，出来一趟是为了什么。

一学期后，我修了一门冷飞白外教的选修课，课余向他咨询经企管理研究生入学考试事宜，顺口提到冷飞白，说他的课是她推荐的。外教扬扬眉毛，说冷飞白这人有意思，我总告诫她英语是表达思维的工具，在美国，很多人天生拥有这个工具，但不是每个人都会使用它。只有你培养出正确的思考方式以后，你的语言才能活起来。经企管理研究生入学考试和托福不同，它的侧重点不是考英语，而是考逻辑思维能力。冷飞白不以为然，结果考得……我只能建议她重考。我打趣说兴许她无所谓学校优劣呢，只在乎找夫婿吧。外教扑哧一笑，说进了好学校，才有更多机会认识优秀的男生呀……冷飞白太有意思了，区区一根钢笔，要是美国牌子的，她能欢叫连连，换成其他国家，别管德国英国还是意大利，她一律翻白眼，这实在是太有意思了。

Interesting，有意思——我记住了外教对她的评价。多年后，我得知英语习惯中，人们对引人注意却难言褒奖的事物，不得不给出评价的时候，会用"有意思"这样的中性词，礼貌地表达反感。也是多年后，我得知不少美国女孩子考入知名高校是为了钓金龟婿，有人不等毕业就结婚了，连生几个孩子，把男方吃得死死的。还有一类女孩子被称作"dependa"，她们大多来自社会底层，靠嫁给美国大兵换得衣食无忧，并且趁军队部署异地的时期，拿着丈夫的福利吃喝玩乐，甚至红杏出墙。"dependa"全称"dependapotamus"，是单词"依赖"和"河马"的组合，"依赖"表明她们的生活态度，"河马"用来形容她们的体型。

由此看来，冷飞白把握了"干得好不如嫁得好"的大方向，至于实施措施，我不得而知。不过无论哪条路，光凭英语好都不见得走得通，因为她的竞争对手，是以英语为母语的人。

回到学英语本身，花老鼻子劲练一口美式英语就能成为赢家吗？除非你出于真爱而非只求认可。就算练到炉火纯青，别人最多以为你生在美国。很多时候，获得赞扬的反倒是带口音的英语。职场上，人家一听你是外国人，佩服你驾驭多种语言的同时，更佩服的是，你在异国谋生的能力。

如今的美国有什么值得人留恋的呢？它几十年如一日的态势，在后来居上的国家民众眼中并无特质，甚至是某种程度上的磨难。东亚地区最早不愿留美定居的是日本人，我上研究生遇到过的日本留学生，无一不打算毕业就回国，说美国比日本的生活质量差太多。后来持此想法的是中国台湾人，再后来是韩国人，大陆人稍有滞后，但无碍越来越多的人出国是为了给人生履历锦上添花，他们胸有成竹，进退自如。

常听华裔前辈教导，来美国要融入主流社会。什么是主流社会？我工作以后，眼见印度移民乌泱乌泱涌进美国。我现居的城市，印度裔短短几年成倍增长，他们裹着包头巾，披着纱丽，赤脚在马路中间走得大摇大摆，毫不在乎别人的眼光，也没有融入主流社会的概念。在本属于移民性质的国家，把祖国文化注入染缸，成为主流文化的一部分，才是正解。所谓种族大熔炉不是熔一锅糨糊，尽管锅底相同，食材还应各具特色，蘑菇变不成毛肚，鹌鹑蛋也变不成火腿肠。与其把自己打碎整合，搞得不伦不类，不如保持原则原貌原汁原味。情感大师们不是老说，再喜欢对方也不能失去自我嘛，一个不自重的人，凭什么指望受人尊重？从恋爱关系到文化博弈，道理如出一辙。

在美国待久了，我发现冷飞白其实是某个外来群体的典型，或者说雏形。这个群体里的成员不分来历，其中不乏比她有过之而无不及者，他们常令我想起柳宗元在《答韦中立论师道书》里提到过的"前六七年，仆来南。二年冬，幸大雪逾岭，……数州之犬，皆苍黄吠噬狂走者累日，至无雪乃已。"——身处南方鸿雪的土狗，像极了当年冷飞白面前的我，四个字概括：少、见、多、怪。

三周的时间，在有些人眼里比在另一些人眼里仓促得多。我以为轻描淡写负担不起盛装的道别，曲终人散总免不了悲悲切切，没想到归心似箭的兴奋有效抑制了姑娘们鳄鱼的眼泪，倒是送行的小伙子个个神色凝重，黄毛还用狗尾草编了个戒指套在自来卷右手无名指上，说要等她回来。自来卷人前"OK"刚撂下，转头就绷不住嚷嚷，这鸟不拉屎的鬼地方，谁回来遭洋罪？哄笑声四起，搞得黄毛一头雾水。

一二三四五，大家欢呼着跳上去机场的面包车，一点人数，少了冷飞白。甄琪急得跳脚，说："冷飞白闹什么幺蛾子，就算是雅典娜，爱河游得再痛快也得上岸啊，难不成冒出个阿芙洛狄特跟她抢金苹果吧？"话音未落，冷飞白拉着银色复古行李箱，穿过车矢菊和蒲公英簇拥的石板路，翩然而至。我刚才出门的时候，她还没回屋，也不知道她是怎么在短短几分钟内，把扔了满床满地的衣物塞进箱子的，我只能认为那是爱情激发了她的潜能。

一路上冷飞白沉默不语，眼神空洞，连大家攀比谁颠覆了更多老外心目中中国女孩保守形象的火热讨论都没有参与，仿佛回到来时的状态，直到临登机，才喃喃自语道："要不我给他打个电话吧。"接着翻开手机，按下号码，接通，等待，又放下，对着屏幕愣神，抬头见我正盯着她，忙冲我歪歪脑袋："咦？我妈怎么没接呢？"

我没说话，她也没再说话，于是这成了大家各奔东西前，我听到她说的最后一句话。随后我戴上耳机，被凯莉·米洛和罗比·威廉姆斯合唱的歌《孩子》引入回家倒计时的逍遥中：

> 我生于七四年，名门肖恩·康纳利
> 单枪匹马刺激经济，难以
> 被唱片公司抛弃。媒体问我
> 是否考虑同性，我说不清，极有可能
> 无感比利·康诺利式的飞禽，只寻求一夫一妻
> 而此刻，我想专攻鸟类学。带上你的望远镜，跟我来……

尾　声

"有人暗地里给你使坏吧？这种事挺常见，都是让保研闹的。学院那边不搭理你？怕你闹事啊！反正你跟他们不是一路人，别跟他们一般见识。"我拿着更正过的成绩单和专业排名证明，从教务处办公楼走出来，耳畔回响着季老师的安慰。暑期交换让我错过了同时段的工厂实习，按照系主任要求，我下一年跟随低一届同学实习，补上了学分。可不知为什么，该科目依旧被记成零分，导致我的专业排名从第 4 名掉到第 11 名。教务处负责开成绩单的老师让我回学院改成绩，学院老师拒绝更正，说专业排名前 10 的同学早已被系领导约谈，保研名单也已确定。我解释我要申请出国留学，被连珠炮"你说什么就是什么？

谁知道你打的什么算盘？告诉你，计分系统就是这么设计的，第二年的成绩不能覆盖第一年，改不了就是改不了"轰炸得体无完肤。我只好一路求助，直到托妈妈联系了她的故交——学校教务处主任季老师，才把成绩改对。杀鸡焉用牛刀？看似简单的疏漏，更正得举步维艰，好像犯错的是我，给大家添了不少麻烦。

"刚刚！刚刚！"久违的娇声击溃了我的游离态，冷飞白面若桃花，一袭素裙，仙女般降临，朝我优雅地挥着手，"跟你说个好消息，我被美国加州一所社区大学录取了！上周刚拿到签证。你的申请准备得怎么样了？我在那边等着你！"

主题切换得太突然，我努力以最快的速度聚拢精力，夸张有度又不失真诚地表演了一番祝贺，来不及抛出其他问题。而置身云端的她，也无心与我长谈。看着她律动的蕾丝裙摆沿着我来的路越飘越远，我侧过身，避开涌向我的人群，闪进一条清净的林间小道。

平　衡

生活 = 自我缺失需求 + 家庭 + 工作

你最大的成就是什么？——这道面试高频题常被我用不具杀伤力的语气包装后，送给软件测试工程师候选人。与攻关路上独立性和独创性挂钩的阐述往往令我眼前一亮，不过迄今为止晃晕我的答案，倒是一句约分了风霜的"我保住工作的同时，保住了婚姻"。不假思索，不加解释，不容置辩，我以为口出此言的印度大叔在活跃气氛，不料他自豪自若的表情打消了我对他"正式"答案的期待。面试结束后很长一段时间，他的回答仍敲弹着我的脑波，不减细想颠覆初闻感受营造出的余震。

身处印度裔居多的环境，我对其文化略知一二。包办婚姻制度基本排除了单身、丁克和离婚的可能性。所谓"保住婚姻"，大致可以理解为：他满意家庭成员对他的满意度。说照顾孩子不亚于全职工作毫不为过，设想，一份不敢辞的全职工作，外加一份不能辞的全职工作，谁能打包票统筹兼顾？邻居小夫妻自从有了孩子，没少为带孩子时间分配不公而争吵。丈夫磨洋工，宁可耗在办公室看宝莱坞电影也不回家。妻子跟我发牢骚，为什么男人躲着孩子多半得到体谅，女人躲着孩子必被千夫所指？他要上班，她就不要上班了吗？母爱，一个男人用来蛊惑女人的名词，逼着多少女人即使骗自己，也要说爱孩子？

我不奇怪，想起自己孕期被周围女性长辈们反复教育：母爱是天性，父爱靠培养——丈夫的父爱靠妻子培养。于是受孕这个瞬间动词，注定了女人要为配偶和后代的质量提供长期保修服务，并将自身可见度调整到与他们的质量成反比的状态，即耻辱袭击时挺身而出，承包谴责，荣耀降临时知趣后退，让出功劳。"为母则刚"从什么时候起变成了对母爱全能的鼓励和对父爱缺席的粉饰？公司里，我不止一次听到不止一位男士怨嗟怎么又到回家的点儿了，仿佛手头堆着拯救地球的差事，有的陈词还理直气壮：我爱妻儿，但我不想陪他们。注意，不是不能陪，是不想陪。什么程度的厌倦，才会让消耗量最低的掩饰都显多余？况且他们对工作的热情不过尔尔，以工作为重，无外乎两害相较取其轻。一般到这时候，我的反馈表情用三个字母足以概括：WTF[①]。

毋庸置疑，背地里的不作为，可凭表面上的抹眼泪神速补救。有名手动测试组组长，入职四年后决心休假四天，归来感慨不已："我在海滩上看女儿玩沙子，突然意识到她都 7 岁了 ……我发誓不再错过她的年华，她是我的天使，我的一切。"冲垮声调的悔恨令我动容，时隔几年，我离职前跟他告别的时候，还特意问起他女儿，只见他面露难色，停顿数秒，报错了女儿的年龄。所谓缺什么吆喝什么，宣扬民主，说明缺民主，强调自由，说明缺自由，张口闭口"家人重要"，说明家人不但不重要，还有可能是累赘。鸡汤文里一个又一个手动测试组组长的翻版，临终悔恨没多花时间陪孩子。我打赌，要是让他们再活一遍，照样不会陪孩子，因为在他们眼里，陪孩子不是享受是吃苦，这种看似忏悔的托词，与看似感恩的虚情"来世为你当牛做马"如出一辙。

印度人源于自由恋爱的婚姻凤毛麟角，就算移民美国，也难逃传统文化禁锢。隔壁部门自动测试组经理和他的妻子在排灯节派对上结识，双方互生好感，欲对彼此

①　What The Fuck，什么鬼，用于表示惊讶，难以置信，或者愤怒。

加深了解，不料他们私聊并互留联系方式的几分钟，被热心群众看在眼里，转眼告知两家父母，长辈盛怒之下发来越洋通牒：你们想单独见面必须先结婚，而且你们伤风败俗的行为，已经把你们推上婚配市场黑名单，你们无路可退。于是这桩始于"人群中多看了你一眼"的婚事为公司茶水间添了不少谈资。可惜的是，追踪报道全是关于两人性格水火不容引发的战争，家庭矛盾的升级还影响到经理职位的晋升，当然这是后话了。

包办婚姻忽略了相当于前缀字节的捻风弄月，直接启动传宗接代指令，给定居美国的夫妻再添上指向"两娃标配"的条件跳转。部门总监只有一子，处处受同胞质问，会议开始前的闲谈也不得安宁，要阐明自己没有生理缺陷，妻子没有生理缺陷，生一个是因为全家只想生一个，千真万确，至死不渝。困在如此恼人的局面中，别说平衡工作和家庭，连家庭本身引出的枝节都难以平衡。

回到那名初为人母的印度女邻居，意难平时和我念叨她少女时代的暗恋，一个客观条件处处不及她丈夫的人，总鬼使神差操纵她的幻想。碍于种姓隔阂，她的不能表白成为她至今的遗憾。本着劝和不劝分的原则，我劝她："想想你们的国宝级女演员艾西瓦娅·雷，连她都要委曲求全，先嫁给一棵香蕉树，化解掉巫师口中的她的克夫命，才能再嫁给豪门男友阿布舍克·巴强，你觉得你有能力挑战种姓制度吗？更别说你只是一厢情愿而已，还没深入了解那个人，已经看出他不如你丈夫了，所以，不表白，想起来遗憾一阵子，表白了，说不定遗憾一辈子。"我的安抚，有助于她保持几周的平常心，直到被她丈夫漏洞百出的偷懒术打破。

前些日子我跳槽后，新组里有名南非移民来的测试架构师，惊讶我已经有孩子了。他记起自己20多年前来美国的时候，职场上清一色单身汉，近年陆续出现有家室者，其中甚至不乏女性，真是江山代有人才出。我笑道，随着互联网行业里的印度裔日益壮大，在职父母数量势必陡增，婚姻是他们生活的必修教材，至于驾驭力如何，如人饮水，冷暖自知。

算法里有个概念叫时间复杂度，如果代码运行时间与某变量 n 正相关，那么 n 代表的数字越大，代码运行效率就越低。把这个概念投影到生活舒适度上，类似于"一人吃饱，全家不饿"对压力的影响量级是常数阶 $O(1)$，加入婚姻后成为线性阶 $O(n)$，再加个孩子变成平方阶 $O(n^2)$，继续加孩子恐怕就是指数阶 $O(2^n)$ 了——恰好应了一句老生常谈：带两个孩子的工作量是一加一远大于二。其生活舒适度可想而知。

　　我问办公桌对面的麻花辫大姐平素有什么爱好，她说凌晨四点熬咖喱汁磨腰果粉的人能有什么爱好。看我瞠目结舌，她娓娓道来，印度人没冰箱，也不相信冰箱的功能，他们做饭的步骤向来从进菜园采摘开始。至于买菜，是到美国后的不得已而为之，超市里的菜不新鲜，所以必须现买现做，天天买天天做："没孩子的时候还能忍，孩子越多我越郁闷，天不亮就得爬起来，从四点忙到八点。你们来上班的时候，我早已精疲力竭，哪还有闲情琢磨爱好？"接着她告诉我，当年自己婚后三载未孕，受尽族人唾骂，丈夫怕她遭荣誉谋杀，带她来美国避难："托丈夫的福，我出国第一个月就顺利怀孕，如今也有了一双儿女。我感恩现状，不求大富大贵，只求无病无灾。"

　　她的经历让我想到马斯洛需求层次理论中，需求级别的上升过程是从"我需要"到"我想要"的过程，也就是从缺失需求到成长需求的过程。也许长期处于安全需求甚至生理需求阶段的人，会不自觉克制自我实现的欲望。其实麻花辫大姐的烹饪烦恼是印度女性热门吐槽话题，连身处性别平等群体中的女性也有苦难言。一位锡克教女同事，休完产假，背着泵奶器回来上班，时常感叹自己劳累一天，进家门没看见孩子，先看见满屋子等着她做饭的人。如此看来，我面试的印度大叔的个人成就确实值得炫耀，起码他是一名合格的员工、合格的丈夫、合格的父亲，这在印度男性，乃至全体男性中，都不可多得。

生活 = 自我缺失需求 + 自我成长需求 + 工作

印度人有他们的不得已，对其他人来说，若减去家庭，那么平衡生活中诸成分的难度是否会降低？

客观地讲，我认识的单身人士在职场上都相对成功。视工作为生命的人，要么极度热爱工作，要么除工作外无事可做。无论哪种情况，都容易纵容工作无止境扩张地盘，侵占自我缺失需求，威胁亲属关系甚至健康。办公室靠窗坐的澳大利亚大叔，为方便参加日程表上从清晨六点到夜里十点均匀分布的会议，把房子租在办公楼对面。从工作中获得巨大的心理满足后，再以海量夜宵来犒劳身体，直到突发高血压入院急救，差点丢了性命，才开始注意饮食作息。他母亲年近九旬，独居邻市，有天下午给他打电话，隔三四米我都能听见电话那端的哭声。他皱着眉掐断，告诉找他请教问题的印度同事："来，咱们继续。"印度同事说："你先帮你妈妈解决问题吧。"他说："她水管坏了不该找维修工吗？找我有什么用？我怎么可能浪费我的宝贵工作时间去安慰她？来，咱们继续。"身为技术大拿，他一言九鼎，副总裁每次做决策都征求他的意见，每年优秀员工奖，也非他莫属。

再说女强人副总裁，维京人后裔，比澳大利亚大叔有过之而无不及，从基层一路做到高管，一年四季都穿着过膝豹纹紧身裙配超厚防水台高跟鞋，行走起来像堵墙，令过道生风，地板震颤。平日她办公室门庭若市，但凡安静下来，说明她正在出差。万一她想放松，买张周五晚上飞拉斯维加斯的头等舱机票，赌博看秀品酒美容加购物一条龙狂欢，周日晚上飞回来，不耽误周一上班。然而，谁能想到她是三期结肠癌康复者？化疗期间都不曾请全天假，有人劝她多多休息，她说："休息？还不如让我自行了断。"

另一位商业分析师看起来工作没那么拼命，不忘留给自我成长需求充分的时间。万圣节组里聚餐，她讲起自己的故事：当年不幸失业，正值侄女出生，她被哥哥叫去做了三年保姆，其间尝尽带孩子的苦头，又目睹了哥嫂的婚内狗血，于是决心终身不嫁。如今她已过知天命之年，生活潇洒，头发今天染成石榴红，明天染成苹果绿，度假这次去尼泊尔安纳普尔纳峰，下次去哥伦比亚卡塔赫纳港口、城堡和古迹群。她救助过上百只流浪猫，在志愿者领域身兼数职——国家公园地图设计师、马拉松后勤保障员、图书馆接待员、教堂清洁工。此外她还是音乐家斯汀的铁杆粉丝，办公桌上的电子相册里循环播放斯汀的硬照，以及他俩在演唱会后台的合影。业余活动仿佛是她旺盛元气的助燃剂，项目经理拿她做榜样来鞭策苟延残喘的在职父母们："人家凌晨两点能在线答疑，你们怎么不能？"

有位中国女同事听了十分不爽，私下说别看这帮人现在过得痛快，等到老了没人管才可怜。我问："那你孩子愿意管你吗？""哎哟别提了！"她哐地打开话匣子，"你知道吗，我当初要孩子，就是因为没人听我说话。我丈夫忙着钓他的鱼，害得我整天对着屋里的四面墙发呆到发疯。说生俩闺女打发打发时间吧，没想到她们十几岁起就懒得理我了，除了把我当车夫和提款机，其他时候永远是相看两生厌，跟她们爸爸都比跟我亲。现在她们大了，搬出去了，一年到头也不来个电话，我打过去不是不接就是三言两语敷衍我。我干吗热脸贴冷屁股呀？她们不给我添麻烦就万幸了，还管我，啊呸！"

我理解她的愤懑，美国人没有养儿防老的概念。我初入职场的时候注册雇主提供的医疗保险，想把父母加入我名下，被人力资源部门告知父母不算家人，不能加，只有配偶和子女才算。我脱口而出的为什么，问得对方比我还迷惑：一加一不等于十一，地球不是立方体，父母不是你家人，这有什么可问的？我至今仍然难以适应尊老短缺的文化。我做过最极端的实验，是拿华夏千古难题"妈妈和妻子同时掉水里先救谁"问美国男人，得到的答案是："当然救妻子，我妈不是应该我爸来救吗？"由此可见，第一代华人移民若想把本民族世代相传的观念套在美国出生长大的子女身上，多半会失落。

爱好能调节工作，孩子不一定能调节生活。中国女同事靠生育排遣无聊的做法有风险，毕竟孩子不平级于爱好，当孩子驾到，爱好和工作均要让道。有人采取将并行拆分成串行的方式，移除孩子为职业奋斗之路设置的障碍，兼得鱼与熊掌。麻花辫大姐的经理是位金发大妈，高中毕业嫁人，专注持家18年后，和独生女一起进大学，40岁踏入职场，50岁做到管理层。我和她探讨平衡生活的策略，她说女人先拼家庭再拼事业未尝不可，但大部分先拼家庭的女人由于害怕跳出舒适圈，用不停生孩子的方式来拖延，直到再也来不及。这个来不及并非指时间，而是指心气。此话不无道理，大脑海马区即刻提取的例证，便是我的柬埔寨前同事，而立之年回老家娶来20岁出头的娇妻，本打算让她先读语言学校，拿到本科学历，工作几年再生孩子，考虑在经济条件允许范围内给孩子最优质的教育，生一个足以。不想刚出蜜月，妻子发现怀孕，她读书工作的计划桴鼓相应地推迟至孩子小学入学。转眼六年已过，我去他家做客，只见两个女儿闹成一团，妻子一边冲她们咆哮，一边托着怀胎七月的肚子，在灶台前汗流满面地煮粥。前同事为养家，换了份高薪水高强度的工作，每天通勤往返90英里，重压转换成新增的50磅脂肪，压得他言谈间气喘吁吁，眼神涣散，昔日英姿全无。他也不再提对妻子的期望。

也许有人不解，不说单职工，双职工带两个孩子也未必这般辛苦，如谁谁谁。其实带孩子总得有人牺牲，牺牲自己（怠慢工作），牺牲孩子（满六周送托儿所），或者牺牲老人（把老人当免费劳动力）。最后一类牺牲通常被儿女们当作默认选项，视而不见，造成孩子对生活干扰有限的假象。刚才提到的"谁谁谁"里面，就有位中国同事，他母亲含辛茹苦，耗费十年带大他的三个孩子，紧接着飞到外州给他弟弟带孩子。同事在社交网频繁晒行业颁奖典礼照、聚会照、旅游照、健身房照……毫无保留地向众生笑出万丈光芒，至于是谁在阴影里默默拾柴，维护这份荣福，他有所保留。

有次我带孩子在公园玩，听见两个老太太用普通话聊天，其中一个诉苦老伴过世早，孙子孙女靠她一个人带，累得她叫天天不应，叫地地不灵。另一个跟着唉声叹气，说她和老伴轮流来美国带孙子，每人半年，一年到头俩人碰面的天数，掰着手指头都能数过来。这跟丧偶有什么区别？一家人凑齐都难，还天伦之乐？最后俩人互相安慰：华人家庭的老人谁不这样？为了孩子们，忍吧。

各种应对生活平衡公式的解法，仔细想来都非最优解，调整完这项，再改动那项，仿佛维修古老悖论中的特修斯之船，假如有一天全部木板都被替换掉，那么它还是不是特修斯之船？不得不承认，对"如何在不耽误工作的同时给孩子最多关注"的纠结，改变了我的思维方式：以前看作家采访，得知某青年一天至少花多长时间写作，我会赞叹他的拼搏精神，现在我的第一反应是，花那么多时间写作，他的孩子谁来带？

当然，有一种组合情况我没单独列出，也不想过多讨论，即生活中不包含工作。纸媒网媒通过不亚于宣传母亲伟大的声势宣传家庭主妇伟大，不断巩固"男主外女主内"在人们心中的地位，可理论经不起现实考验，个人见闻中随机几次蜻蜓点水，足以令我望而生畏。

我丈夫的大学同学马特常来我家喝酒，有回喝着喝着提起他妻子从名校法学院毕业后，进入金牌律师事务所，前程大好，不想生了孩子立即辞职，压根没和他商量：
"你知道我对她有多失望吗？本以为她和其他女孩子不一
样，知道自立自强，不做寄生虫，可没想到……唉。"我
记得他曾经笑话另一名同学瑞安的妻子没上过一天班，居
然敢在产前派对上宣布要连生三胎，幸亏瑞安接话："家
庭支柱是我，要几个孩子我说了算。"

公司圣诞节活动上，我和开发组经理闲聊，他说他妻
子生完老大后还上班，等老二一出生，他算了笔账，发现
妻子的工资不抵送两个孩子上托儿所的费用，便果断叫
她辞职，不仅如此，还要求她充当全科教师，对孩子们
进行居家教育，一路把他们培养到上大学。你妻子真了
不起，我不由得惊叹。他哈哈大笑说那是他指导有方："她
给家里添了两张嘴不说，又挣不来钱，我自然要最大化利
用她。"

2014 年，在印第安纳波利斯的美国全国步枪协会展
上，拥枪的政客们在被千人围簇的讲坛上慷慨陈词。主持
人为带动气氛大喊："我想请台下各界出色人士，按照我
说的次序起立，接受我们敬佩的掌声！你们中有多少军
人？多少医生？多少律师？多少老师？多少企业家？多少
建筑工人？"……一路问下来，他突然闭口，等到全场安
静，才继续问道："台下有多少家庭主妇？"我觉得主办

方挺重视家庭主妇，虽然主持人口吻有点怪，没想到他话音刚落，满场哄笑声四起。我在震惊中迅速反应过来，参加枪展的基本是男性，他们正好可以趁着妻子们不在，尽情发泄一下。不过我前排倒是有名女士，被她丈夫揪着袖子使劲往上提，就是不动窝，两人推推搡搡，到主持人转入下一话题才消停。我光盯着他们，都没顾上看看全场有多少家庭主妇勇敢地站起来。

　　妻子的抱怨丈夫未必不知，丈夫的抱怨妻子未必知道。女人说不代表想，男人不说不代表不想。婚姻不是保险箱，而是长期契约，可惜很多女人被修饰词"长期"所迷惑，忘了进步的动力来自自知之明下的危机感，她们的倦怠使得对方的妥协逐步达到峰值，威胁到中心语"契约"的存亡。所以她们心碎，认为婚姻是爱情的坟墓，其实她们混淆了婚姻和爱情。一个是实用的煤油，一个是享用的蜂蜜，不吻合相似相溶原理的溶质与溶剂，怎么可能结合到一起？把二者分开，事情会简单许多。

生活＝自我缺失需求＋自我成长需求＋家庭＋工作

　　我认为我比一般人贪心，因为除去工作和家庭之外，我还有爱好。经历过"生活＝自我缺失需求＋自我成长需求＋工作"的阶段，纵使堪比重头戏的婚姻和孩子登场，我也难以摆脱对写作的迷恋。这种迷恋大概属于马斯洛提出的超自我实现，一种自我实现需求满足后的"高峰体验"，如艺术家创作过程中的忘我：一分钟如一秒般闪过，却比一周活得更精彩、更充实。

我母亲曾是无所不能的存在——竞技场上的体操选手，舞台上的领唱、独舞者、报幕员，医院里的白衣天使。她十指不沾阳春水地走进婚姻加工厂，被换汤不换药的三从四德重塑成符合流水线生产标准的贤妻良母，为成全别人眼中的自己，消灭了自己内心的自己。于是她这辈子做成了好女儿、好姐姐、好妻子、好妈妈、好员工，唯独没做好自己，除了给自己落下一身病。别人眼里所有的好加起来，补不全她韶光之梦的残翅。翅梢划出的辉彩是离我越来越远的传说，偶尔在支离破碎的谈辞中，散发出垂死挣扎的余温。

也许母亲的隐忍扶植了我的倔强，完婚之际，面对各路以催生为主题的威逼利诱，我不为所动，因为深知一旦动摇，将面对何等巨变：最大化丧失对自由时间的支配权。旁人只管贡献一张嘴，孩子降生的瞬间，他们或许如鸟兽散，随之瓦解的，还有情真意切的许诺："我们永远是你的后盾。"所以为迎接真相大白触发的失望，以及独当一面带来的挑战做好心理准备，才是我率先要致力的方向。我问过很多人是否后悔要孩子，以诚恳的态度换来不少真心话——谁为孩子付出多，谁后悔多，因此后悔者均为女性，碍于社会角色和舆论压力，她们哑巴吃黄连，有苦说不出。有位被大家羡慕儿女双全的母亲对我直言相劝，要生的话，就生一个，别听过来人劝你多生，什么两个孩子能做伴，两个孩子免失独，两个孩子凑成好，他们是为了把你拉下水，让你跟他们一样水深火热，好图个心理平衡。

人们常说母爱无私，我不完全认同，我认为母爱包含着对孩子应尽的基本义务。延续自身血脉的行为，是成年人基于繁衍本能做出的主观决定。生育带来孩子，但孩子不是宠物，纪伯伦在《论孩子》中说："你可以给他们你的爱，而不是你的想法，因为他们有自己的思想。你可以庇护他们的身体，而不是他们的灵魂，因为他们的灵魂属于你在梦里也无法抵达的明天。"我决定要孩子，并非屈服于从众效应，而是要做心中更好的自己。拒绝重复母亲，是我对命运定式不甘不恭的挑衅，我与普世主义貌合神离，多少带有恶作剧意味——持常论者，我满足你的要求，但请勿妨碍我的追求。总有人说我看起来不像人妻人母，因为我淡化了角色转换的意图，我的意图，是扮演多种角色的同时不丢掉最初的自己。不丢掉自己，才不会丢掉自信。

我怀孕的时候，婆婆屡次劝我辞职，说男人会因嫉妒孩子剥夺了妻子对自己的爱而萌生离婚之念，你得把心思花在正地方——伺候好男人，才能守住婚姻这个铁饭碗。孩子出生后，她跟我公公统一战线，为了激励我尽快变身家庭主妇，拒不提供任何援助，只送我一本《圣经》，嘱咐我每天朗读里面有关女德的条文。我笑容满面地感谢他们用心良苦，心说亲爱的婆婆，我要是不工作，早晚和你一个下场：汽车换刹车片需要几百元钱，你在维修厂给丈夫打电话，低三下四求批准；给车加油缺十元钱，你管丈夫借的时候保证以割草来弥补；在邮局，为了使用一张破损邮票，你和工作人员再三求情，只担心被丈夫责备败家；连看场电影想请丈夫把车停在离入口处近点的位置，都要挨怼"你坐的车是我花钱买的，你没权利告诉我停在哪儿"。前年母亲节饭桌上，你提起自己九年如一日送孩子们上学，要他们道谢，你女儿冷冷一句"我不记得你送过我"，搅乱了气氛，不等你质问，旁边的儿子补充道："感谢也换不来尊重。"于是你连质问的底气也没有了。能怪谁呢？谁让你的善良没有底线？选择消除自我的生活，你心甘情愿，不代表我心甘情愿。

　　记得产房护士对我进行出院教育的时候特别提到，生孩子是一锤子买卖，医院不接受退货。看我有气无力地笑，她一本正经地声明，三天两头就有父母把新生儿送回来，说受不了孩子的哭闹："这种绝望和无助，你很快会经历，比起养孩子，生孩子只是磨难的开始。"我点头，有备而战之士，决策词典里容不下后悔。说来有趣，未雨绸缪过程中的忐忑，比风暴来袭时强烈得多，陌生却亲密的破坏力其实不如预期那般天翻地覆，早早清楚如何取舍，适应起来也颇为顺利。保留生产者属性的爱好，摒弃消费者属性的爱好，是我简化爱好的原则——勾选写作和绘画，划掉旅游、唱歌和逛街。具体实行起来，我意识到不自知荒废掉的时光。进商场动辄挥霍的六七个小时，而今被压缩进手机定时器限定的 30 分钟，买食物加买衣物，再手忙脚乱，也得速战速决，像极了记录新手妈妈糗态百出的自嘲漫画，哪幅不漾满笑音里辛酸的无奈？但基于不能逛街的苦闷与不能写作的苦闷相比不值一提，我很快便会释然。

　　此外，我的简化步骤还渗透进写作内容。高危妊娠、胎儿早产及分娩受伤令我卧床整整三个月。其中有段时间为保胎，我只能以固定姿势左侧卧，翻个身，监测仪都能捕捉到微小的胎心减弱。渐渐，我浑身关节像被焊住一样，动一动似针刺肌骨。这种折磨，和我以往忙到脚不沾地的时候渴望的卧床享受是天壤之别。身体瘫痪与思维多动并存之下，我心急如焚，开始漫无边际地想，想工作，想劳作，想画作，想写作……是继续挖掘无悬念的题材，循规蹈矩地遣词造句，还是涉猎好奇已久却没有把握的区域，突破表达的束缚？最终，失去光阴的恐惧战胜了挑战未知的恐惧，一贯求稳的我选定了后者，2016 年变成我写作产量和质量的转折点——急躁让位于沉着，恒常让位于骤变。可以说，新生命的到来成倍增强了我的执行力，强迫我学会如何在有限的时间里有效分配才能，也许这是某种程度上的自我救赎。而尝试之路上如影随形的不确定性，恰好构成期待中至关重要的兴奋感。我像静候开奖的孩子，梦想有一天，弦月彩虹做滑梯，糖果冰棍飞满天。

　　人生一世，经历渐多，精力见少。有时候把客观存在放到时间的放大镜下看，越看，越难找到与之匹配的主观感受。要什么？要不要？怎么要？要多少？……犹豫久了，反倒会目睹金玉满堂后的空虚、一无所有下的满足。草木枯荣，唯心不易，所谓平衡，那些悲喜得失的定性与定量，我想，归根到底，取决于心态。

鱼与熊掌

甜品店

找到甜品店的刹那，我丢失了时空感。沿墙排列的透明糖罐里密封了秘制魔法，上满彩妆的果冻豆引诱我的手伸向罐底的龙头：草莓味的红、哈密瓜味的橙、柠檬味的黄、猕猴桃味的青、椰子味的白、葡萄味的紫……果冻豆们争相跳进绘满卡通爱心的玻璃纸袋，鸣奏雨花石碰撞的脆响。袋子越来越鼓，鼓到几乎不能扎口的时候，我拧紧龙头，龙头表面的电镀膜弯曲成哈哈镜，映出我咧到耳根的嘴巴。奶油浓香趁机灌满口腔和鼻腔，牵我迈入暖光烘焙的蛋糕王国：奶酪层台累榭，糖霜雕甍画栋，裱花鲜艳欲滴，多肉植物的茎叶间城堡耸立，精灵蹲踞，车马穿行，我分不清眼前的是消费品还是艺术品，更分不清置身于现实还是梦境。

　　酷爱"甜"字呈现的视觉效果，味蕾依傍甘蜜，丝丝吮吸，每一口的满足都提升着下一口的欲望，恨不得身体变成壁薄中空的容器，全部用来存放糖浆。神经被黏液麻醉，觉不出琐碎的、带刺的忧伤。没有任何词句可以说尽这种高密度幸福，至于查看热量表，纠结减肥计划是否要泡汤之类的马后炮，已经是恢复理智以后的事了。

　　是的，"鱼与熊掌不可兼得"，我嗜甜又怕胖，至今，仍在探索与糖最有效的相处模式。

镜子

　　五味俱全，我独爱甜。从小上饭桌犹如上刑，拿玩具哄没用，没收玩具也没用，我雷打不动的磨蹭激发了母亲的体能，饭点一到，她二话不说，拎起我往高高的窗台上一撂，我只好牢攥窗户把手，一条腿蹬直，占据窄窄的窗台，另一条腿悬空奔拉着，脊梁顶着窗框和砖墙的接缝，勉强维持不掉落的姿势。不想瞅饭碗？别过头，立刻被四楼底下熙攘的马路吓得扭回来，没等喊出声，一勺热乎乎软乎乎咸乎乎的东西就塞进来，那是母亲为我精心烹饪的鲫鱼汤蒸鸡蛋羹。在母亲眼里我吃香喝辣，可我感觉味同嚼蜡。

只有面对奶油蛋糕，我才判若两人，抄起勺子连杵带挖，左右开弓，吞完奶油啃蛋糕，啃完蛋糕舔盘子，舔完盘子嘬手指，不出 10 分钟，销毁一切进食证据。那个年代物资尚不丰盛，奶油蛋糕一年吃不了两次，母亲也就纵容了我。不过我的吃相吓坏了她，促使她对我施行甜品管制，巧克力砖切成若干薄片，每次给我一片，剩下的藏进我够不到的柜橱里。我儿时最大的梦想，就是找到一座悬挂椰杠奶昔瀑布的棉花糖山，隐居山中，从早吃到晚。直到高中毕业，我都被要求"一天只许吃一块巧克力威化饼"。我把手掌大的威化饼带到学校，放进桌斗，一到课间就赶紧掰下来一点解解馋。我把威化饼含入口中舍不得嚼，等到外层巧克力全部融化，才用后槽牙慢慢磨碎饼干，如此吃到放学，也算实现了从早吃到晚的梦想。

我总觉得自己携带植物基因，可以从阳光水分中汲取能量，母亲的甜品管制丝毫不能阻碍我的纵向与横向生长，我一直比同龄人体积大出两圈不止。本来我对体重没概念，可大学生活仿佛开关，把女孩子们的关注点从学习啪的一声切换到恋爱，以及与恋爱相关的任何话题——时尚、美容、健身、节食。我也在一夜之间学会了照镜子，镜中的我，大脑袋宽肩短脖子，瘦胳膊细腿圆肚子，像四根筷子沿旋转轴，两两对称戳在发面馒头上，刺眼的中段，从正面看像个啤酒桶，从侧面看像枚沙田柚。这样的苹果型身材给服装设计师带来不少挑战，也帮我认清了一个客观事实：美女可以自由选择男人，而我，只能选择自由。

事实归事实，我总不能自暴自弃，开窍虽晚，也可以亡羊补牢。力所能及的改善措施里，减肥名列榜首。美食成了美型路上的暗器，像埋伏在美景中的美杜莎，稍不留神与她对视，里程瞬间清零。

对我来说，美食单指甜食。住校后，镜子代替母亲继续监督我的嘴。摆在床头的糖果数量被梳妆镜翻倍，吃掉后的负罪感也变成双份，加上室友们冷不丁地提醒"块头大，不好嫁"，我常常在天黑后溜到操场上跑圈，不累到头顶冒金星、喉咙泛血腥不罢休。有次和班里一位溜出来幽会的活宝撞个满怀，他逗我："是不是考分高的人爱跑步？"我说不知道啊，反正怕长膘的人爱跑步。白天也是自己跟自己较劲，外出奋力收着肚子，腰腹一圈肌肉酸涩不说，若用力过猛，吸岔气了，还要忍着刀削一样的窜痛，面不改色，举止优雅。路边商店的橱窗绝对不能错过，保持前进步伐，头部微偏，貌似浏览商品，实则聚焦自身倒影，迅速查看、调整体态，顺便再收一收。

我有时猜测，莫非我的举止吻合"体象障碍"症状？因为体象障碍患者往往会夸大或臆想自己体貌上微小或不存在的缺陷，比方说，一个人不胖，但他觉得自己胖。不过我从未将该猜测付诸实证，如脱口秀演员鸟鸟所言："我想去医院看一下，我有没有这个毛病，又怕医生说我没有。"于是，我在提心吊胆、登轻气短的状态下挨过了大学时光，并且练就了强大的腹横肌伸缩功能。

秤

大学毕业后，我赴美深造，离家远了，离自由近了。语言环境、学习环境和生活环境的骤变像三座大山，把我压到马斯洛需求层次理论金字塔模型的最底层。为了省出时间补习和补觉，我减少购物次数，每次都买最大包装袋的食品，从没留意过单位重量的太妃糖多久吃完，只记得抽屉一见底，就想着尽快蓄满。美国的甜食，齁有余，香不足，无论是泡芙、马卡龙还是芝士蛋糕，都过度夸张了糖分，好似修图失真的照片，乍看不错，细品别扭，尤其是提拉米苏，一口下去能呛到咳嗽流泪。然而越是这样的甜，越能加快多巴胺的释放：吃前不觉得饿，吃完也不觉得饱，越吃越想吃，哪怕噎到气都吸不满，也要狼吞虎咽。所以作业写到半夜，来一整桶洛基路冰激凌，或者凌晨爬起来干掉一大盒橡皮糖是常有的事。以前在国内总被人指指点点，如今孤身在外，旁人不闻不问，外力的不作为比乱作为更容易促生自我感觉良好的假象。转眼到了来年暑假，我到邻州拜访一位几年未见的长辈。她看见我先是一愣，然后含蓄地说："嗯，气色不错，看来美国研究生读得也不累嘛。"

突然之间我被点拨了，脂肪，那个被我抛到脑后的敌人卷土重来。肉眼可见的胖绝对不止胖了一两斤，我乘人不备，张开手掌去捏腰腹部的肉，试图丈量，本以为最糟糕的结果莫过于捏不到对面，不想压根就捏不起来，要靠托着！我说我从国内带来的毛衣怎么短了，之前还美滋滋以为自己长高了，原来是肥肉把衣服撑宽了。脑中蹦出一则笑话：某男士热爱文身艺术，在上臂文了只蜘蛛，后来发福，被不知情者称赞：仁兄胳膊上的螃蟹真酷！

灯火通明的超市里，生活用品区，我鬼鬼祟祟踩上体重秤，吱嘎作响的碾压声简直能引来方圆十米内所有顾客的侧目。看清上面的数字后，我怀着"秤不准"的侥幸心理站上第二台、第三台，等试完第四台才肯承认，我长了整整 16 斤！这史无前例的涨幅警示着我，秤是多么重要的物品，甚至比镜子都重要，因为宿舍卫生间里的镜子只能照到上半身。也怪我太自信，以为重压之下难有脂肪，却不知压力性进食正为脂肪提供了可乘之机。是可忍，孰不可忍。羞愧被噌噌蹿起的怒火吞噬，我顿时有了喝退曹操百万军的莽撞人架势，站在磅秤之上，咬牙切齿，捶胸愤恨，大骂："肥肉听真，呔！今有你家胡大姐在此，尔等或攻，或战，或进，或退，或争，或斗，不攻，不战，不进，不退，不争，不斗，尔乃匹夫之辈！"我选了一台支持磅和千克转换的高精度电子秤，把它当成菩萨请回宿舍，供在冰箱旁边，每晚睡前拜一拜，愿自己明天再掉点分量。我拿出做实验的劲头，同时充当实验组和对照组，记录用餐、出恭、更衣前后的体重变化。提气是否能轻一点？摘掉发卡、头绳和眼镜呢？从上秤到结果出炉的几秒，波动的数字像摇奖机上飞转的轮盘牵动我的心跳，我通常称上两三回，再取平均值以求精确。

我视母亲为榜样，她身高 170 厘米，腿长 105 厘米，腰围一尺六，单单客观数字的罗列，足以在我眼前勾出佳人剪影。她把花样年华献给了舞台，后来退居幕后，因久坐办公室增重不少，被同事从"排骨队"除名。母亲在半百之年开始减肥，每天除了喝白开水之外粒米不进，不到两周，饿出腹肌，兑现了她的诺言："我这一身肉是凭实力长上去的，也一定能凭实力减下来！"

可我无法做到母亲的决绝。甜食的万能使我的意志力无能，假如我被外星人捉拿，不要说严刑逼供，一盒龙虾酥便能叫我就范。由于怀疑自己的执行力，我研究了诸多极端减肥法，什么灌药、抠喉、催吐……听起来像武林秘籍里的必杀招式，实施对象全是自身，长此以往，后果比名称更惊悚。于是我打消了铤而走险的念头，静下心来，把爱分出等级：甜食给我的快乐小于苗条给我的快乐，戒糖给我的痛苦大于长肉给我的痛苦。我做不到不吃甜，但能做到只吃甜，于是我靠每天一根巧克力能量棒分三次吃的方式，耗时两个半月，除掉了多余的体重。

大家都说减肥难，是因为反弹太容易。对我来说，光减下来已经费了老劲，忘不了那些把肠鸣音当成摇篮曲入睡的夜晚，我宁可在梦里大快朵颐，也不要在白日梦里身轻如燕。决心不重蹈覆辙，我将体重保持了十几年。

网

2020 年的疫情，如同神祇给人间按下了重启键，我的生活模式再度颠覆，身体和精神双双困入无形之网，干劲骤减，活动量骤减，食欲也骤减，上顿还卡在嗓子眼，下顿已然摆到面前，可谓"吃了上顿愁下顿"。

逐渐习惯居家办公，视频会议只露出脖子以上，别人看不出胖瘦；出门戴上口罩，只露出脖子以下，别人认不出是谁，于是我心生懈怠，消灭焦糖夏威夷果的速度有所增加。不料没过多久，胃部中央开始间歇性刺痛，我慌忙咨询医生，得知单糖会引起胃酸分泌过量，伤及胃、十二指肠黏膜。唉，一度馈赠我愉悦的甜，有一天也亮出了藏在背后的痛与酸来惩罚我的贪婪。

似乎年纪越大，我们越容易感叹失去、忽视获得，这让本已日渐稀少的获得，因我们的忽视加速失去。是不是随获得而来的光彩已无力照亮我们日渐暗淡的双眼？比如，认同之纯，遥祝之温，谢忱之恳，甚至肥膏之贞——毕竟我再不能如以往那般任性挥霍用来堆积它的本钱。低头看看肚子，那一小坨软绵绵的肉，和它眼里容不下沙子的主人顽强斗争了多少年，却不计前嫌，不离不弃，这是多么"可贵"的品质！我想我有必要在遛弯的时候，告诉那些向我炫耀自家爱犬的邻居们：我也有值得骄傲的财富啊，瞧，你们遛狗我遛肉，我的脂肪比狗忠诚。

为了开发缓解压力的新招数，我迷上了网络平台ASMR博主品尝甜点的短视频。ASMR指人体通过感知刺激产生的愉悦感，又名颅内高潮。屏幕中，各式糕点高明度与高饱和度的色彩搭配令我赏心悦目，香气四溢的视网膜成像通过联觉效应导入嗅感区，配合博主们细腻的咀嚼声和陶醉的表情，帮我松开了胸口紧绷的发条。享受"精神会餐"的同时，我重拾一天只吃少量巧克力的策略，遏制了电子秤上数字爬升的苗头。我的"甜食节食法"与当下流行的各种减肥手段背道而驰，表面上是"瘦可瘦，非常瘦"，本质离不开收支平衡——"收"指摄入，"支"指消耗。遵循"收"小于"支"的原则，天天吃垃圾食品也能减肥，可问题是我觉得健康的食品不好吃，好吃的食品不健康。与美味狭路相逢，谁能吃一口就停？我辗转数载，才勉强做到及时刹车，说勉强，是因为偶尔会翻车。一翻车，我便在视频电话里跟母亲抱怨，她一本正经地说："我隔三岔五听你嚷嚷'体重又长了怎么办'，也没见你胖多少，你不要报涨不报跌，下次吃多的话，不妨吃块消食点心，正好盖个盖儿，往下压一压。"逗得我大笑不止。其实，"鱼与熊掌不可兼得"并非强调不可兼得，而是强调不可兼得的情况下如何取舍。甜食与苗条之间，如果舍掉足够数量的甜食，那么二者可兼得。

流年暗换，众生百态，爬梳洗剔何其多，有人强调"今朝有酒今朝醉，明日愁来明日愁"，有人坚持"《书》曰：'居安思危，思则有备，有备无患，敢以此规'"。若赞同前者，你能否做到取舍？若追随后者，你能否做到取舍之下的兼得？我认为，无论怎么选择，都不要盲从，不要偏激，不要拧巴，最关键的，是不要丢掉快乐。

Chapter Three

第三章

水 • 生

1. 折射率

为了生存，我扎进水里

掏空肺腑，剁去手脚

用歌喉和舞艺

换来鳃与鳍，然后学着

像鱼一样呼吸

箭雨从波光外飞来

穿透我的影像，却碰不到我的身体

因为我已经

从旧伤中学会，把真心

埋在更深更冷的水底

2. 溶解度

生命被岁月浸染，像滴了颜料的水

从纯净，到斑斓，到浓郁

再到饱和而不失通透的深沉

梦的气泡或许还有

却早已偏安一隅

即使碎了，也不会有声响

更不会有

坠落的重量

3. 超声波

如果鱼儿

能像小鸟一样呼喊

那么我们或许

会感到它的痛苦，从而放手

给它自由。可鱼儿偏偏如此温柔

它用"沉默"麻痹了所有怜悯

然后独自承受

那份只有它

才能够体会的

生命将尽的悲愁

4. 头足纲

你用柔软的触手

抱紧我，把我装进了

你整个记忆

然后交给我一颗

苹果般诱人的心，叮嘱我

珍藏在伊甸园

芬芳的湖底。我悉心照做，却没能

留住你的气息。谁让我低估了

本是章鱼的你

而我的专情，又怎能抵过

你的三心二意①

---

① 章鱼拥有三颗心脏、两套意识系统。

149

鹜 没

摄影师认识我之前，我已仰慕他多年。关于摄影，我不敢班门弄斧。绘画，是我枚举个人特长后得出的、最有望接近他的话题。反复纠结自己该如何出场，才能不像没头没脑闯进农庄的丑小鸭一样，没心没肺地求收养。庆幸的是，摄影师以他标志性的温雅，游刃有余地化解了我的忐忑："你的超写实主义作品很有特点。可为什么模特大多是鸳鸯？"

我如实相告，鸳鸯颜色鲜艳，轮廓简洁，有助于我扬长避短——较之于形态，我更擅长把握色彩，况且，各方面都精准到叹为观止的重现，是摄影师才拥有的本领，绘画再写实，也难以望其项背。我以尊崇的名义肆然坦白我的幽愿，用高密度的热忱排山倒海般围攻他，伴随义无反顾的言辞，阻断一切我能想到的、他能备存的反击途径。

　　一直觉得我像弃置在他桌角的糖果，甜度被铝膜封锁，强酸浸泡的喉音道不出病重的承诺。也曾计算过与他指纹交合的概率，无视灵感从笔端坠落，断裂，残喘如烟火，仿佛为某个虚构场景存活。胴体未经文身，却无时不渴望电击，似乎唯有穿度赫烈与孤绝，才能延迟他速溶的记忆。身为悲观主义者，我相信幸福总少于期待的幸福，苦难必多于预料的苦难，只有再见，才恒等于再不相见。于是被我视作与他永别的初逢时刻，有些话，我不能说，但有些话，若我不说，便无缘再说。

　　说着说着，伤感如炫色霜蕤般纷郁飘零，想起那些飞雪的日子，隔着棉布手套的指头冻得失去知觉，我机械地拍打、塑形，将雪人堆好——一个丰盈弱骨的冬的襁褓。来不及欣赏，我忙架好相机，搂着它摆出最张扬的笑，因为我知道那是它的遗像。不出半天，它就会被社区里的捣蛋鬼们推倒。不出半月，它就会尸骨无存。费心建造的美好往往不堪一击，可我仍不知疲倦地建造，从不犹豫，从不思考，逞强似乎已成惯性，让我逞强的，向来不是强硬的东西。

　　令多数人难忘的童年，一度令我难堪。漫长的成长中，我像显影不足的照片，不至于报废，也始终不具备可见度。因为缺乏同龄人的灵气，我被长辈们有意无意的贬议打磨得只剩下畏缩——是的，畏缩，我自觉配不上"羞涩"一词，它让别人的气质楚楚可怜，让我的拙钝了了可见。我心仪的男生唯一一次找我，是要我帮忙给他心仪的女生写情书。那时候我多么荣幸啊，中奖的狂喜胜过了辛酸和忌羡，原来我也是有利用价值的。

摄影师的态度令我始料未及，他不但没有忽略我，反倒记住了我的名字，把我这件残次品从废纸篓旁捡回来，安置进防潮箱。他与我交谈中富含辨识度与针对性的细节，让我体会到被前所未有地用心对待。如同步入糕点店最初七秒的嗅觉，他带给我一场真空暴乱：红珊瑚迷宫灌满琥珀色温度，召唤某种大动物，诵咒一百零八夜，为梦超度，九重尘雾外，丹紫烟火刹那坍缩，体内无数休眠的粒子款款复苏……他的垂顾，是我的救赎。

常年依赖巧克力，尤其是失落的时候，拿起半罐巧克力豆，摇一摇，大个的豆子自动跳到上层，开盖，无须挑拣，满眼的满足。这个被我偶然发现的省力办法，术语叫"巴西果效应"：外力振荡下，容器中的小颗粒会沿缝隙沉降到底部，将大颗粒托举到表层，所以最先从干果和燕麦混合成的木斯里中倒出来的，必然是巴西果。

品尝着摄影师滋养我的，对他人来说也许司空见惯，却令我受宠若惊的可可粉，思维因多巴胺的分泌加速飞升，鸣奏出节日盛典的华彩。若能被梦中人念起，我之前所有的失落又何足介意？摄影师的话语，连同他娓娓而谈时的专注，足以触动我最隐蔽的穴道，我愿意无条件铭怀并且听从。

记得那个下午，卷层云把天空涂成均匀致密的鸭卵青，雨声不疾不徐，摄影师向我倾诉隐痛。未曾料到，风轻云淡、山容海纳的他，竟跋涉过那么多荆棘丛生的暗林。我体会到他克制的声调下，无法克制的悲伤："基本上，所有事情都是这样：你感受的快乐越少，到时候的痛苦也越少。反之亦然。随着年纪增长，我慢慢觉得有些事情不能过于轻率，毕竟最后的时刻太痛苦了，让我有人间不值得的念头。"

窗外闷雷轰隆。陡增的压强令一切变得沉重，沉重的风，沉重的雾，沉重的助词，沉重的称呼。我多想告诉他，人间值得，只要你依然相信，有值得你去爱的人。但，是什么让我像丢了元音的单词一样，哽咽难言？不愿语汇局限了情感的表达？不愿情感衍生出无谓的误解？不愿误解招供了心底的秘密？还是仅仅，不愿因多嘴失去了聆听的资格？

我有太多的不愿，因为我有太多的心愿。

习惯以回避掩盖恐惧，我比别人擅长拒绝。拒绝扫除前递来的水、登山中伸来的手、落寞时送来的笑、胜利后献来的花，公交车上被人不慎碰到臂肘，我会如惊弓之鸟般进入戒备状态，近乎过当地防卫私属空间。任何异质的友善，都令我无所适从。但面对摄影师，我要适度麻痹感官，克服精神洁癖。我要像声控灯一样体贴地送上光源，而非条件反射地躲闪，因为他信任我。

服下苯巴比妥处方，我灵魂深处的舞娘，愿你卸除镣锁，摆脱孽星般的面庞。自闭屏蔽了苦涩，绽放才能尝到蜜糖，移动覆盖眉宇的双掌，我看到徐徐舒展的微光……百合花柔唇轻启，一遍又一遍索求来自天堂的祝福：我珍视的人，请转交我你全部的痛楚，从今以后，由我来为你载负。

摄影师，我不装腔作势，不故弄玄虚，不若即若离，我不要你等我生根、发芽、开花，我独自承受无人知晓的蜕变，好直接给你完整的果实，你享用完一枚，我立刻将下一枚剥好奉上。我安于沉默，拙于交流，但为了你，我愿意急救病入膏肓的胆怯，修复倾吐衷肠的本能。我像一贫如洗的画匠，流浪的笔上刻着你的名字，我解封禁忌，绘出所有秘咒，只为换来你多一分钟的停留，因为你的信任，是我的信仰。

于是暮秋之树向死而生，枝条舞成致幻的琴弦，彩虹色音符凛洌燃烧，化我为香篆灰烬。

　　然而，还是太仓促了，我沉浸在被接纳的欣愉中，忘记此刻的欣愉，消耗了我酝酿太久的勇气，而对他来说，不过是突然降临的福利。

　　浴缸里的橡胶小鸭，被喜爱它的男孩按压到变形，非但不觉得痛，还愈发嘹亮地欢叫，直到孔洞处的短笛因男孩用力过度而脱落。鸭子变成了哑子，男孩脸上闪过遗憾，随即要求父母买只新的。鸭子有权要求男孩留下它吗？没有，没人愿意在唾手可得的廉价物上浪费时间。男孩不再喜欢这只橡胶小鸭了，因为它残缺了使自己快乐的资本，它的残缺，也昭示着自己的失误。

　　或许鸭子以为即使做不成天鹅，至少也算鸡肋吧。遗憾的是，它弃之可惜的价值，充其量不过休闲状态下的感情需要，而感情需要在物质需要面前，又显得那么微不足道。

　　SPIN 杂志，2009 年 6 月。我关注多年的艺术家讲述他爱情中最低落的时刻。圣诞节，挣扎在被最信赖的人抛弃的孤独中，他给她致电，她一次不接，他就用剃须刀片划自己一次，那天，那个号码，他拨打了 158 次。他疯狂又蓄意地牺牲着尊严，只为让她亲眼看见她给他的痛苦。

　　双手按住胸口，我低下头，泪水失控坠落，万箭穿心，却哭不出一声。如果一个人真的爱我，我不会离他而去，不会对他置之不理，不会让他心如刀绞。我不介意罗列越来越多的不会，因为我从未经历过机会越来越渺茫的如果。本以为绝望来自欺骗和背叛，其实不是，绝望来自你最在意的人给你的漠然。当罐中的巧克力豆层层递减，颗粒的尺寸再也不能满足口腹之欲，谁能拥有孩子式的洒脱？——凭纯粹的快乐去靠近，随纯粹的哀伤而离开，没有羁绊，所以绝不妥协。

不知天高地厚地开场，却不具备支撑全局的能力，我把深渊藏进幸福，等到未来转暗，才开始畏惧冒险的高度。

痛，灼热将胀痛从大腿根部撕扯到后腰。伴随局部麻醉药效的退去，我的身体变成壁炉里焚煎的木炭，再怎么翻滚都摆脱不掉化为灰烬的命运。何况我已无力翻滚，单单平躺，痛便沿着呼吸刺入肺腑。床头柜上是凌乱的药瓶和松散的纱布，日光昏暗，半瘪的塑料水杯反射着浮尘。不知过了多久，我攒足力气，伸手去够止痛片，碰到的瞬间，指尖一抖，药瓶转了个圈，跌跌撞撞滚落到床底。

没有回音的叹息，手机死在枕边。虚弱，脆弱，无言表达。此刻我只想念他，我的摄影师。熟稔又陌生的他，近昵又疏邈的他，清澈又朦胧的他。声光迷乱的胶着中，我反复取舍怯懦与顽强、冷静与癫狂。不同版本的问候，我键入再删除，几经周折，终于发去一张生病小鸭愁颜不展的卡通图。秒针数到 763 下，回复提示音响了，双手颤抖地点开，只见一行挖苦："病得不轻呀，你已经寂寞到这样的地步了？"

寥寥数语，一针见血，刺破了催眠术五彩斑斓的泡影。主人柔情绝情的双手后，是遭割喉的家禽永不瞑目的眼睛——它的无辜无助、它的自怨自艾、它的可悲可笑：插上摄影师赏赐的天鹅翅膀，看不到脊背鲜血汹涌，我醉悦于温热中被刺痛的眩晕，跃出悬崖，以为从此离他越来越近，直到末日将至，仍把一切归咎于自身——是我，不得飞翔的要领。

寂寞，不是某种随机状态，而是弥日亘时的黑暗，在蚀骨的黑暗中，我触不到任何依靠，也无法形影相吊，因为我连自己的影子都看不到。没错，我是有多寂寞，才甘愿背对落霞朝旭，蜷缩进摄影师镜头后的盲区，不质问，不反驳，不申冤，不诉苦，唯幻想运数能有片刻的颠覆……我像倒挂在屠宰设备上的鸭子，死了，也要嘴硬。

其实，让感情变质，只需要敏感些的试剂和试纸，腐蚀眷慕，不过一句话的酸碱度值。

从来不抱受宠的奢望，也从来不相信会得到血亲之外的关怀。小时候看多了童话，《灰姑娘》《拇指姑娘》《白雪公主》……觉得做女孩子真好，有异性追随，有英雄救美；长大后我才意识到，被追需要资本——丑小鸭变不成白天鹅，童话里著名的主角原本就是白天鹅。鸭子无论产多少蛋，除多少杂草，吃多少害虫，都摆脱不了沦为盘中餐的命运，谁又在乎鸭子的心呢。被幸运女神福尔图娜挑剩的我，被爱神丘比特射偏的我，被美神维纳斯忽略的我，即便抵达快乐泉，也品尝不到什么快乐，戳成渔网的心兜住的全是渣滓，我唯有寄哀歌于颂歌，一口口咀嚼、吞咽、消化掉我资本的等价物，才能勉强清除我的卑辱。感情的考场上不存在力不从心，博人欢心的技巧谁都懂，做错，无非是不上心而已。况且摄影师也没有错，他最初给我的反馈，只是我引吭高歌的回声，渐弱的回声，我偏要它起死回生，我奋不顾身，凭借不设边界的包容和守口如瓶的忠诚，将他礼节性的感谢定制成专属于他的舒适感，这份舒适感对他来说聊胜于无，却令我精疲力竭。

能怪谁呢，摄影师，你娴熟到不经意的残忍，让我在放弃的时候依然无法怨恨，因为我无法从怨恨中获取重生所必备的决绝。你略带锋芒的告诫，足以使我清醒。我意识到自己的越界，感情中的进攻方注定处于低位，当贪婪初露端倪，我有必要自谴：只有合格的乞丐，才能苟活于珍贵的嗟来之食。摄影师，如果这是你深思熟虑的嘲讽，我接受你的禀性，如果这是你信手拈来的刻薄，我也可以屈服于你的随性。只是我的心被你无意间划伤了，我不会向你展示滴血的创口，因为我记得同一双手给过它的温情。

想起雷·布莱伯利创作的科幻小说《浓雾号角》：海底最后一只恐龙以为灯塔上的号角声是同类的呼唤，于是耗时一年浮上海面，却发现百万年的等待只换来一场骗局，它悲痛欲绝，摧毁灯塔，再度遁迹。

是否摄影师也一直在孤独中求索？是否我的呼唤也曾使他迷惑？是否我一世的幻想也吻合过他一时的幻象？可惜我是赝品，连仿制的手段都那么拙劣。他最大的慈悲，莫过于运用激将法，鼓励我全身而退，给我凯旋式攻守自如的错觉。其实一切何尝不是我的罪孽？我无能抚慰他的凄伤，也无能匹配他的沧桑，我为溶解与他的隔阂而流下的泪水，成为我无能涉渡的重洋。我叫他如此失望，他甚至不屑以半分怜悯来敷衍我的无能。他藏刀的手信，有毒的蜜饯，凌驾于文明之上的教诲，不可逆转地构成我潜意识中的非法图腾。

艰难地，我从水里捞起自己病变的心，阴干在银河系最遥远的角落，再没人能找到它了。但愿有一天，剩余部分的我会变成铁的玩偶，有锐利的发梢、冰冷的手、欧式几何般的谈吐和表针镂空的笑容，我多情，却不敢流泪，因为一旦哭泣，我就会生锈。或许我不适合双向的爱情，只适合单向的爱，与其找一个触得到我的人如履薄冰地去爱，不如找一个看不到我的人无所顾忌地去爱，爱到声嘶力竭，粉身碎骨，爱到最后一丝热量也在无垠的死寂中慢慢冷却，从此，我彻底免疫。

中秋。窗外，朗夜，火星默默凝望满月，隔着15年一遇的5500万公里最近距离，燃烧起如裹满冰糖般醇冽的湘妃色。我按下快门，照片上的火星，不过是一粒简陋到不足挂齿的白点。我深知，用最好的相机也不能重现的美好，将在时间疲倦的间歇，沉眠于黑暗中永恒的苍凉。

无关欺骗

倒计时

背弃诚信，会带来什么结果？语文老师抛出问题后，把《历届高考作文题解析》反扣在讲台上，转身擦除了密密麻麻的板书，只留下最右侧的红色粗体正楷：距高考还有 99 天。

恶有恶报——嗅到题眼，我的思路一时分岔，主线路条件反射地突出确保高分的素材，支线路，非条件反射地切入不久前长辈不慎泄露的八卦中。八卦主角是位我敬重的叔叔，正与和我年龄相仿的情人如胶似漆，为方便幽会，他在办公室附近金屋藏娇，正午一过，情人的电话就打到公司前台。他的绯闻人尽皆知，除了他妻子——那位

161

无处不夸赞他老实忠厚、体贴入微的阿姨，沉浸在知情人天衣无缝的附和声中，笑逐颜开。

当年的困惑记忆犹新，倘若没有叔叔的左右逢源、旁人的白色谎言、阿姨的难得糊涂，叔叔怎能意气风发到天命之年？阿姨怎能心满意足似情窦初开？叔叔的情人，又怎能轻易实现财富阶层的跨越？阿姨作为伦理学角度的受害者，看似与欺骗无关，然而，无论是不为已甚还是安时处顺，她都难逃自欺的嫌疑。背弃诚信会带来什么？超载的惊恐阻止我写下心中的答案，那么，我竭力掩盖萌芽状态中解构主义的行为，是否也是欺骗？

听罢我的讲述，他总结说，这不失为最佳结果，各方默契地选择了折中战略，因此无人负伤。看我迟疑，他摸摸我的头："放心，我绝对不会像那位叔叔的，我对你完全透明。"

他总在适当的时刻说出我想听的话。可为什么，我依旧不安？

偏好沾染悲悯色彩的奖惩分明，我对客观事实的主观排斥，来自年少时被异性变换目的的欺骗。9岁那年转学，我在新班级饱受欺生之苦。某天课间，有个男生支支吾吾地告诉我花园角落里的葫芦藤上结出好多葫芦，要我帮他摘。"一个，就摘一个，你个子高，求求你了。"他眉头紧皱，泪光闪闪，话音带着哭腔。想到他从未揍过我，瞬间萌生的怜悯、结交朋友的渴望和探访葫芦的兴致促使我跟他来到藤下。葱黄的葫芦们悬挂在值得一搏的诱人高度，我一次次跳跃，不慎揿到肋间神经，疼得岔了气，在他迫切的"加油"声中，总算揪下一个，脚跟没落稳，手中的葫芦已被他一把夺走。眨眼间，葫芦变为他邀功的赃物，协助他大张旗鼓地扩散我的劣迹："有人偷葫芦啦！有人偷葫芦啦！"我钉在原地，怔怔地看他跑远，跑向负责记录"检举小标兵"的生活委员，跑出我平视他的范围。班主任找我谈话的时候，我有口难辩，万念俱灰，以为天就要塌下来。某种意义上，那个男生给我打了预防针，我不再为真诚轻易动容，也不再对伸来的橄榄枝抱有多少希望，逐渐适应了猎物角色，逃亡前的配合程度，取决于狩猎者的伪装技巧。

我遇到过两名颇有耐心的狩猎者。一名是本科同专业低我三届的学弟，称与我一见如故，很久前从学院优秀生榜单上看到我名字的一刻起，就认定与我有缘。他默默为我护驾三个多月，在拿到我全套专业课书籍和笔记后，迅速退化为素不相识的过客。另一名是外校研究生院高我四届的学长，对我嘘寒问暖了半年。待我卸除冷漠，乘两小时长途车到他学校赴约，他却放了我一个半小时鸽子，露面后欲言又止，不到半小时就打发我回家。隔天，他便在博客上炫耀自己对女生们——包括无视风花雪月的学霸——有召之即来挥之即去的魅力。年轻的我们，毫不在乎唾手可得的信任，以为信任就像超级英雄电影主角，怎么折腾都断不了气。情感经历乏善可陈，其中不足挂齿的伤害日积月累，把我变成了玻璃刺鲀——冷血、锋利、易碎。已经付出的越多，愿意付出的就越少。即使付出的对象易主，我也保持递增的警觉。不堪虚伪，我常在交往初期坦白所有缺点，类似于医生惯用的词"挂黑纱"，给对方的幻想以最狠的打击，给自己的现实留最大的余地。斤斤计较，耿耿于怀，我的爱专切，专断，对方一个可疑的眼神，一个刻意的举动，都会降温我的关注。多么长久的动情，都难免因瞬间的薄情而毁灭。我的忍耐有底线，我的原谅有条件，我的友善可能随时失联，挑战我的人，请慎重起见。

又一个失眠夜。黑暗中的手机屏幕引来一只飞虫，落在我秘密设置的倒计时钟表上，撩得我视线发痒。忆起他对我的表白："很遗憾你遇人不淑，我为你难过。但我和他们不同。我爱你，上帝作证，我绝不欺骗你，直到我生命终结。"渐近夏至的傍晚，日光试图减缓收手的速度，最后几笔朱红炫彩萦旋在他靛青色的眼眸中，给我清晨降临的幻觉。多么温存流畅又饱满的誓言，来自如兄如父的他。我心旌摇曳。

可惜，我无法将平日宽以待人的作风复制到两性交往上，对离我越近的人，我越严苛，似乎承受我的严苛是接近我必须付出的代价。所以我越来越难爱上一个人，世凡再优，不敌微量的考验。每逢心动，我都能不露声色地诱导对方露出马脚，一脚踢醒我。自知，自持，自恃，谁对我好，不如我对我好，不想赢，因为输不起。

我给了他一年考验期。若他言行信果，如初待我，我将接受他。

誓言

梦魇，肆虐得毫无征兆。梦中的我被男同学追逐，石子从左耳边飞过，刀子从右耳边飞过，左躲右闪中，我一脚踏空，跌进陷阱。坠落，坠落，耳畔环绕着清脆嘹亮的嘲笑声和辱骂声。髫岁的恐惧像幽灵，天一黑就来找麻烦，如今，我仍旧惩羹吹齑，固守轻度异常的社交癖好：面对长者，我安于低龄；面对幼少，我自动降龄；面对同辈，我陷入难以自定义的窘境。避免不了望而生畏孕育的故作端庄，我避免与同龄人交往。潜意识中视低龄为坦诚，我为自己找到了坦诚待人的位置，但未曾考虑对方于我的态度。

学弟向我递来的橘子汽水、为我预占的前排座位，学长"小心路滑"的雪天提示、特殊日期的及时问候……一个青涩，一个稳重，他们的影像闪烁在我视线边境的丛林里，吸引我逐步靠近。他们身上的光芒被我加速的心跳升级为太阳的普照，风和日暖中，我像丢掉智商的孩子，毫不犹豫地丢掉了外套。

直到图穷匕见。

希腊神话中，阿佛洛狄忒身为爱神，却无法驾驭爱，纠缠于众神之间，始终不得真情。神明尚且如此，何况苍生？猜疑、怨恨和妒忌以强势喧宾夺主，支撑爱喘息的，只剩执念——为求鹣鲽情深，不惜屡败屡战。博爱的超脱，我一直似懂非懂。至亲不乏背叛，对与己毫无血缘关系的人，我能爱至何处？所谓爱，所谓被爱者，都是多情时刻幻想有人符合爱的模样产生的错觉。爱是什么模样？当错觉如幸福般一触即溃，我将在阿佛洛狄忒美玉无瑕的脸上，看到又一次失陷后悲痛的泪水，还是下一次嗾动时热望的笑容？

"两情若是久长时，又岂在朝朝暮暮"，上中学时初读，感动得难以言表，以为这句诗诠释了爱情的伟大；大学毕业后再读，感慨得难以言表，因为我发现，爱情玷污了这句诗的伟大。目之所及，分明两情若是久长时，岂不在朝朝暮暮？即使朝朝暮暮，两情亦难久长时。信任是滋生欺骗的温床，床席越大，漏缝就越多，终日在外拼杀，深夜方可裸身睡于席上，由内到外，任疲弱尽显，殊不知此刻，鼻息可触的枕边人正绵里藏针，蜜里藏刀。哪里出了错？有些事，如分数，努力能争取到，对就是对，错就是错。有些事，如爱情，努力也争取不到，本虚幻缥缈，是非难料，就算隙穴之窥，到手的也不再是爱情，而是投资回报。诗中描述的爱情，或许存在于童话中，存在于梦境中，存在于生性忠于配偶的澳洲鲣鸟中，但一定不存在于人间俗世中。

理智因过量而消极，妨碍我给出爱情褒义的评价。我热衷于收集有关背叛的故事作为个人爱情观的论据，这样在关键时刻，它们就能拯救我于无度的倾情，防止我沦为鼎鱼幕燕，鹿死不择荫。我静心等待有一天被挫折磨砺得麻木不仁，那时我的绝望将不再有载体，令我绝望的，唯有失去绝望的能力。"我和他们不同"——像君王下达的宣战书，他仪式般不容置疑的挑衅，带给我震愕、慰藉和激励。

如同犯罪目的用于定罪，行骗目的亦用于裁夺欺骗。同班男生根据我的身高优势和人缘劣势计算他获得嘉奖的成功率，学弟从我的考试成绩中推断我对他学业的助力程度，学长通过我的反馈质量检测他魅力的覆盖范围。手无寸铁，一无所知，我敞开胸襟，如飞蛾扑火，不知命运早已悄悄设好伏笔——所有朝观夕览的温暖，都是朝三暮四的把戏。

而他，我看不出他接近我的目的。或许他没有乐谱，只是寂寞状态下的即兴发挥，那么作为他随手拈来的伴唱，我要不要戏剧性地终止演出，将结局纳入我暗色系的情事集合？或许他出于单纯的倾慕，坦挚是他上灯剪烛的态度，那么感激命运的眷顾，我要不要再次化身飞蛾，扑向灼灼燃烧的火焰？与他陈述我的旧伤，他侧耳倾听，陪我红了眼眶。与他列举我的弱项，他坦然接受，愿伴我日久天长。从未有人如此专注于我的私密分享，从未有人时至此刻仍不伺机逃脱，唯独他，不假思索留下来安慰我，把我当作他意外失联的小小亲眷，为我向神祈福。我感到喉咙里哽咽的颤动。誓言，是折损的诗言，还是折中的饰演？他的出现，会不会推翻我日渐成型的假说——誓言注定食言？望着他具有致幻魔力的双瞳，我犹豫不决，无法拒绝。他为我量身定做的赞美，像燃烧着香槟色玫瑰花瓣的潮水，在紫云碧霞的热吻下，反射出丈量天地的意象。他侃侃而谈时，我不禁猜测，他是我的克星吗？我是他的救星吗？他是我苦苦寻觅的终点吗？我是激发他文采的缪斯吗？此起彼伏的嚣华中，他像深藏不露的水墨画师，潇洒从容，刻雾裁风，擅以涓埃之功，赉我彻夜垂荣。

他偶尔问我对他的评价。我未免尴尬，提醒自己冷静——相识尚短，评价岂能随意给出？说好吧，我难受；说不好吧，他难受；说一般吧，我俩都难受，所以我干脆保持沉默。他不计较，说愿意等我，用实际行动征服我，我们一年后见分晓。

倒计时一天天减少，我的喜悦中糅杂着忐忑。我怕日子过得太快，来不及看清他就交出自己，又怕日子过得太慢，不等我交出自己，他就败给我的考验。我怕考验他，但是，直觉告诉我，我必须考验他。

"我下周去拉戈岛，那里拥有全世界最纯净的海水，就像你纯洁的心，"他看着我，神情落寞，"可惜没有你同行。"

"给我捡个贝壳吧。如果……"我想起造访过的普吉岛，贝壳不及拇指大，全部掩于沙层下，不定睛数秒无法探测到。不忍为难他，我不自觉降低了考题难度，"如果没有大的，就捡个小的。不漂亮也没关系。"一个我准备用心对待的人，我只想知道，他是否如其所言般珍视我。

"一定，"他的目光给我一种看穿灵魂的错觉，"我给你你要的一切。"

破绽

错觉终究是错觉。

由于被同学们孤立，转学后很长一段时间，我只跟我养的一对珍珠鸟倾诉衷肠，仿佛我的愁绪只有它们的胭脂喙能够剪断。有一天，雌鸟躲进巢箱，任凭我怎么逗引都不露头，我猜它下了蛋。想起书上说，鸟儿孵蛋，不喜被扰，否则会因生疑而弃蛋。可好奇心抵不住潘多拉魔盒的召唤："看看吧，从未知的灾难里挑一个下注，用你的伪装术，换得双倍的礼物。"我蹑手蹑脚绕到巢箱后面，弯腰从巢箱顶端的烟囱往里窥视。昏暗中，我看到散落的羽毛，凹陷的稻草，安卧的背脊，还有一个小巧光滑的白色椭球体——蛋！我欣喜若狂，几近欢叫。不一会儿，雌鸟欠欠身，把肚皮下的蛋拱到胸前，再伸腿将体侧的蛋拢到身下，原来它在轮换着孵蛋。它下了多少枚呢？我的视线继续扫射，时不时调整观测角度。我搜索得聚精会神，忘了鸟儿的灵敏，直到和它的眼神对接，才意识到大事不妙。我跳起来就跑，不想一头撞上铁窗框，一声巨响，一阵剧痛，我躲进卧室，把头埋进被子大哭。当晚，雌鸟就将整窝蛋踢出巢箱，摔碎在笼底。蛋，一共三枚，早晚揭晓的答案，因为我的作弊而作废。疏漏的数量与伪装的幅度成正比，逃出魔盒的灾难早已寄生于自由中，再也无法回收。

偏爱某类小众音乐，我如数家珍的艺术家寥寥无几。但凡他们推出新作，我的紧张往往大于期待，唯恐他们改变风格。改变，换个积极些的词：突破。为什么突破？大多时候，不破不立并非为了精益求精，而是为了峰回路转。不管一时兴起还是市场需求，突破都意味着得失并存——得到新粉丝，失去老粉丝。当艺术家以现有粉丝的忠诚度做赌注去博取粉丝总数增长的时候，也是我审决爱的时候：我究竟爱艺术家的作品，还是艺术家本人。

倘若爱艺术家本人，我的爱必定弱相关其作品，那么我会欣赏他们的魄力并增加爱的浓度。否则，我会开始寻找效仿他们旧形式的新乐队——我视其为低程度的双向背叛。由于审美固定，我喜爱的乐队类似，艺术家类似，粉丝群类似，我喜爱的狩猎者，也类似。他们对我好奇，是我对他们好奇的前提。一旦产生好奇，我将无法遏制地对其抱有期望并立即进行求证。鄙视暧昧，鄙视神秘感，鄙视欲擒故纵的伎俩。想借书就直说，想追求就直说，如果说矜持是为了维护颜面，那么在时间面前，颜面又算什么呢？生命短暂，我宁可受伤，也没空玩猜谜游戏。

葫芦事件和珍珠鸟事件的教训，极大压制了我在求证过程中的冒险冲动。冒险的结果，无外乎代表褒义的成果和代表贬义的后果。《伊索寓言》里说："要想变聪明，最好通过别人的厄运而非自身的厄运习得。"于是我留意起不曾参与过的冒险，并倾向于记住后果而非成果：孩子为接近草丛里的不明闪光物饱受蚊虫叮咬后，发现向往的宝石不过是一张糖纸；大学生以寻找桃花源为口号另辟蹊径登山，付出比走寻常路线多几倍的努力后，发现抵达了同一个山顶。

当然，将结果定义为后果还是成果，取决于当事人失望与否。孩子和大学生无疑失望，但他们更应庆幸：庆幸闪光物是糖纸，不是放射性物质；庆幸歧道指向的是山路终点，不是生命终点。独立生活后，我遇到过别有用心的倾心，也遇到过别无二心的分心，那些以假乱真的坚贞，让我领教了学弟和学长的进化态。多亏前车之鉴，我静观其变，即使短兵接战，也能与之周旋。用情不专称冠诸多骗局，看似极恶不赦，实则无处不在。忠诚，靠的不是慎独，是监督。

"我要的东西呢？"旅行归来一周有余，他对贝壳只字未提，我开口时，已难掩愠怒。

"沙滩上没有贝壳，我找了好久。"他摇头。

"我告诉过你，我最不能容忍被欺骗。"

"好吧……那里有贝壳，但都很小。"他继续摇头。

"如果没有大的，就捡个小的——我交代过你。"

"对不起，我让你失望了，但这不代表我心里没有你，相反，这说明你比任何人都重要——我要给你最好的贝壳，而不是随便捡一个敷衍你。"

我看到他眸中的烟尘，凝视时聚成雾状的眼神，仿佛不费吹灰之力溶解阴险的纯真……我怕的结果还是出现了：我的地位，在他的言语中坚不可摧，在他的行动中摇摇欲坠。是否他对我发誓的一刻，就已经想好了圆谎的措辞？是否他觉得借口来得比他俯身花几秒钟捡个贝壳要容易得多？是否他视破誓为常态，我恰好充当了又一位帮他巩固开脱技能的陪练？是什么力量支撑着他将欺骗进行得如此心安理得？莫非他的不作为是有意为之，碍于当时身旁另有其人？我不知道，我只知道他和别人一样不出意料地让我失望。的确，我预料到他会让我失望，但没料到失望来得如此之快。谁叫他不备而战，不战而败，谁叫我闹铃设得太早，不给自己多留点做梦的时间。奇怪的是，本应爆发的时刻，我选择了沉默，选择了默许的假象下用来自虐的钝器。我装作若无其事，像怀抱储蓄罐的乞丐，眼看罐体裂纹蔓延，却还往里投掷仅有的硬币。推迟心碎不能维持幸福，只能延长痛苦，只能，酝酿更大的心碎。

撤离

我想，大概那时，我还没死心吧。

我骗自己，一次是失误，我的敏感误判了他，我没有他不忠的证据，他需要更多机会。于是我一次次旁征博引，暗示他取悦我的方式。他一次次采集我的暗示，酿造他的柔情蜜意："下次带你去××餐厅吃那儿的招牌菜。"他的重音是下次。"等有空我们一起去××玩。"他的空没少有，只是我等不来。他看到我浏览购物网上的手镯，当即拍照，叮嘱我不要买，他要买了送我。我不以为意，等他走后照常下单，但心中的期盼并未熄灭。转眼数月过去，他看到我戴着那款手镯，连称精致，问我为何不告诉他让他给我买。他说忘不了初见那天我穿的绿裙子，可我没有绿裙子，连绿花纹的裙子都没有。"我给你你要的一切。"——他是否念诵咒语，让我在希望频频落空后，对未来抱有更大的希望，依赖于他的蛊惑？他是否胜算在握，变换过错，欲以我的忠诚度做保障，测量我涵养的极限？或者事态并不复杂，我的段位不足以迫使他提升自我约束力并施展更高明的招数，心不在焉，不过是他健忘症的部分体现而已。

当欺骗泛滥，真诚也被贴上赝品的标签。人们之所以用"善有善报，恶有恶报"的说辞聊以自慰，是因为现实总与期望背道而驰。背弃诚信的结果远远多于考卷上的标准答案，它们千形万状——千种理所当然，万个匪夷所思，其中不乏人们不愿看到也鲜少听闻的，因为人们不愿记录也鲜少传播的"善有恶报，恶有善报"。

我不知道他的在乎指什么，如果我在乎一个人，我不在乎乘 6 小时航班去看他一眼，不在乎给他我行囊里仅存的食物和水，不在乎相让良机全身而退。如果他要我一点心意，我不在乎给他全部真心。可谁值得我这样做呢？我遇到的，向来是空空摊开的手掌上"谁让你心甘情愿"的理直气壮。

的确，我情愿，可我尚未修炼到无怨。每逢贻恨令我窒息，是文字予我氧气。悲歌之悲，不在于唱得凄悲，而在于唱得唯美。悲于美中之无限，如爱于悔中之无限。我愿嗓音用来歌唱，而非陈述歌唱般的谎言，我愿以笔录歌，任每页文字唱出芳兰哀自焚的美，那是我基色的尊严、沉默的宣泄、精简的寄托、低调的强权。

我的撤离是缓慢的，愈演愈烈的疲倦始于灵魂内部，沿着从核心抽空的烟囱攀升，一步步实施越狱计划。他陶醉在我对他赞美诗般委婉的应和中，毫无察觉。

无处躲藏的珍珠鸟，因为我一次不计后果的骚扰，变成了惊弓之鸟。它不停地下蛋，不停地弃蛋，不久后，蛋尽而亡。我把它葬到社区花园最茂盛的枫香树下。枫香树褐色种球上的毛刺在我掌心刻写罪名——谋杀，间接故意。我止不住发抖，愧疚的泪水仿佛冻僵了空街尽头的太阳。爱得越深，贪念越深，错得也就越深。我没能止住贪念的决堤，为所欲为，失掉了挚爱对我的信任。水落石出，只换来两败俱伤。

镜像

"我想念你。"凌晨四点，他发来短信，反常的时间，突兀的内容，如幼童犯错后此地无银三百两式的矫枉，我心生疑惑。想起他在赌城出差，我随手回道："她是谁？"

我的直觉令他震惊，也令我震惊。接下来他全盘交代：杯觥交错中，她对他一见倾心，他给她春宵一刻，短短几小时内，他为自己赢得了又一段罗曼史。

本以为会怒不可遏，却发现我平静得出奇，愤怒不知何时透支，嗤之以鼻中竟有些预言成真的得意。明知没戏，偏要手欠去刮彩票，似乎刮不出个完完整整的"谢谢您"来，就对不起做过的富贵梦一样。我叹了口气，用略带调侃的语调祝贺他"配种高效"。

"承蒙夸奖，"他无不欣然，话锋一转，"可我许诺过绝不欺骗你，所以我向你交代我的所作所为。我睡的是她，爱的是你。我刚跟主忏悔过，千帆过尽，我心依旧。你周末有什么打算？我过几天回来，等有空我们一起去水族馆玩。"

原来，不欺骗，我的解释是忠诚（loyalty），他的解释是诚实（honesty）。所以他尽可四处留情而无关欺骗，只要先斩后奏，及时忏悔，便等于履行诺言。有强大的信仰做精神后盾，他问心无愧，所向披靡。

我醍醐灌顶，那些从最初就尾随在他甘言美语后挥之不去的不安，其实不无缘由。地震发生前所有的预感，都是寄宿于他潜意识中的信念埋下的线索。想起一位长辈，自幼叛逆，花季怀胎，不知孩子生父。因无力抚育，孩子出世即被陌生人收养，至今与她不曾相见。与我讲述这段经历时，她自比圣母玛利亚，奉主旨意将新生命带到人间。她的不养之责，因发自内心的忏悔一笔勾销："我已得到主的宽恕，又何必在乎世俗眼光？"我问她想不想孩子，她耸耸肩，说主自有安排，完成使命的她，定期为孩子祷告即可，随后，她给我一个欣慰坦荡又自豪的微笑。自身多少过错，只需忏悔，便能够换来清白，他人多少灾难，只需祈祷，便等于送出支援。心境的澄澈，来源于为奇迹坚持不懈的祈祷，因为"自信的话语携带神力，抓牢《圣经》中的应许，哪怕断章取义，你所祈求的，也是主的旨意"。难怪主备受拥戴，信徒凭借巧舌如簧，死后自会直升天堂。

天堂是为谁设计的呢？如果天堂不过是高处的人间，那么多少年来，它被多少艺术家用多少极端词和抽象词讴歌的模糊地带又有什么憧憬价值？学画多年，我仍旧无法体会留白之美，觉得那不过是艺术家懒惰的托词。且不说浪费的玉版宣，腰斩的传奇，一个想象力匮乏的艺术家，有什么资格授权观赏者想象力？

在希腊，我迷上了手工陶瓷，盘器瓶器绘满曼陀罗花纹，月支藤和四叶草密密丛丛，环环相扣，小小叶片的心形线条千回百转。置身于每个细节都蕴含情节的视觉迷宫，很容易忘了起点，也忘了终点，唯沿着自以为正确的路线兜圈子，殚精竭虑。

情感论坛上有个话题：哪个时刻，你不再执迷不悟？有个回复令我哀伤：

"我喜欢的他对我说：'你最吸引我的地方，是你的独立坚强，我讨厌惯个公主。'后来，他选择了小鸟依人型的她。面对我的质问，他百般惊讶：'我喜欢你的独立坚强。但我喜欢她，也愿意惯着她，有错吗？'"

何错之有？"我"在他的句式里，充当的确实是形容词性物主代词，而非宾语。一直以为，当得知被自己的唯一视作之一的时候，是该放下的时候。现在我明白，真正放下的时候，是意识到双方相同的语言实则互为镜像——相反，不相通：我道出的挖苦，他理解成赞颂；我定义的欺骗，他认为无关欺骗；我视如珍宝的誓言，他视如草芥；我的所谓，是他的无所谓。安居于各自的真空球里，我们犹如笼鸟槛猿，无望讫情尽意，更无望相濡以沫。

心

如果说之前我还有些许纠结，那么当他说出"我拥抱她的时候，脑海里是你正在别人怀里"的一刻，我释然了。他以己度人，质疑我难耐孤独的夜晚，却不知我凭靠每晚为他折纸击退孤独——心形的纸艺，大的、小的、立体的、平面的、朴素的、多彩的。我把它们装进寻找许久才选定的心形玻璃瓶中，打算在第 365 天送给他。可惜他催眠术欠佳，我提前觉醒，启动了逃亡程序。亲爱的狩猎者，你告诉过我，你和他们不同，你和他们唯一的不同，是你舌灿莲花。别人不敢说的情话，不敢许的承诺，你向来脱口而出，因为"一言既出，驷马难追"是你不屑破译的天书，怨我擅自美化了你的不同，允许你离我近一点，允许你伤我多一点。你让我想起宠物店里偶遇的小鹦鹉，喙色酷似我心爱的珍珠鸟。它冲我变着花样鸣叫，成功诱我向它伸出手指。它用上下喙轻触我的皮肤，并探舌舔舐，在暗中一点点增大咬合力度，我不忍制止，直到疼得钻心，才猛然撒手。它吓得倒退几步，茫然不知所措地望着我。示好不敌示短，幻剧露出破绽。扮可怜赢不回可爱，顿时，我对它的好感荡然无存。

它不是我的珍珠鸟，也根本不是珍珠鸟。我是你的珍珠鸟，你为所欲为，是因为你认为你爱得太多，我认为你爱得太少。

亲爱的狩猎者，温水煮蛙式的暗伤是你的必杀技吗？你以此制服了多少真正无辜的猎物？你与她调情的时候，记不记得你说过宁可末日降临，也舍不得我踏出你的世界？其实，你对我十分舍得，但凡诱惑擦肩而过，我便化作最轻的筹码，不配你继续舍不得。歌曲 (s)*AINT* 的歌词如是说："我不关心你的世界是否毁灭，反正我从未收到过你的邀请券。你叩拜我的盛名，所以我为你画了一颗心。如今我不再是艺术家，而是任你泼墨的艺术品。"看来我还需修炼，修炼到就算给你 365 颗心，也不能证明其中有我的真心，我可以折很多颗，可以折很多很多颗，为与你这样的狩猎者交锋。我会把真心埋在深不可测的水底，它将与拉戈岛的海水融为一体，你长枪戳中的，不过是折射产生的虚像而已。

算了，我对自己说，都过去了，也都过来了。

我把纸心从玻璃瓶里倒出来，挨个丢进碎纸机。齿轮卷着细密的冷风，咀嚼苦杏仁味的记忆，粗涩得难以下咽。他果真用实际行动征服了我，不过他的力用反了方向，他高举的羽翮没能指挥珠歌翠舞，而是引领我的心跃入坟墓。被手机密码紧锁的倒计时钟表，停摆于获释前的 99 天。

他仍旧联系我，用他擅长打动我的方式，不含丝毫为额外讨好我而做出的突破，也许他认为这对于忠贞不渝的老粉丝来说，足矣。同样的语句，同样的语气，每当恻隐之花试图拱破地表，旧伤便化作闪电劈下，我心荡不已，也心痛不已，唯有重重一脚将土踩实。我非圣贤，做不到右脸的掌痕还在灼痛，就献上完好的左脸，就算那一掌打向别人，就算他自掴，我也无法原谅为他受伤的自己。

对，我无法原谅自己，因为我又一次相信了爱情。其实他的风格始终如一，只是我不再幻想他符合我爱的模样。若他不具备我无从设想也无能为力的先知般的口才，我不会意识到——赞美，作为我自幼缺失的抚慰，恰好是我致命的软肋。无论他洞若观火，有的放矢，还是歪打正着，乘虚而入，感谢他镜台自献，照出了我的腹心之疾。直觉透过莫可名状的惶惑送来警示：我用尖言冷语修筑的金城汤池，镇守的不是尸骨未寒的孤心，而是重张旗鼓的野心，至少，我不似想象中那般坚厉致密，一炷略带余温的烽火，也可能弥漫我的清闺九重锁。

最、一切、绝对、永远……各种满溢的副词在他口中恰如其分地排列组合，盛放异彩。其实越华美的梦，越不必担心成真，一种叫作夸张的修辞手法罢了，谈不上口惠而实不至：为你上九天揽月，下五洋捉鳖，那是神才能兑现的诺言，我奉主之名祝福你，由其代理我至高无上的爱意。

回想起来，他给我的欢乐无不空幻，剥茧抽丝中没有一件实物可以用来怀恩或怀怨。他用指尖在水面绘制秘图，波形瑰奇，涟漪散尽，唯有不可触碰的光斑，如他眼中朝曦璀璨的爱恋——将你溶蚀到为我所用情的程度，你由此所剩无几，一无是处。说到底还是利用，连用情，也少不了一个用字。只不过，他用情的目的十分隐蔽，隐蔽到最大化彰显出他诡辩式的自私，进而破坏了我探究真相的兴致。

背弃诚信，会带来什么结果？他对我的背弃显而易见。他也许会因我的心灰意冷而百无聊赖，加之疲于挽回，索性顺水推舟，成全我无声的谢幕。他也许会因失去我而后悔，倘若如此，他必将借助忏悔实现解脱，好心无旁骛地物色新猎物，尤云殢雪。

至于我，我对他算不算严格意义上的忠诚？相处期间，他释放的危险信号屡次动摇我的希望，我非但不抗争，反倒放任自流，骗他继续行骗，在被动中等待脱身时机。我的断交策略让他看起来是过错方，实际上，我并非百分百无辜。防卫本能阻止我全然投入，热情接近强弩之末，我不由自主切换为置身事外的观众，无奈以至于厌怠地见证实验项目因选错调查对象再度前功尽弃，同时开启又一轮外部参数调整和自我心理调节。我不知道人生需要多少次复盘才能够找到感情迷宫的出口，还是说我们注定要沿着阿弗洛狄忒的老路，在错见与错过、希望与失望中反复寻觅？电影《阿丽塔：战斗天使》中，阿丽塔为帮助意中人雨果摆脱困境，掏出自己价值连城的心脏，雨果断然拒绝，告诫她不要随便付出。无论那个人多么优秀，多么深情，多么真诚……多么真诚地欺骗，心，都永远属于且仅属于自己——想来未免悲凉，但，这也许是我最后的宝藏。

静水流深

蝌蚪

亚拉巴马州世界民族画展上人来人往。我身穿直领对襟鸠羽衫子，下配绣云纹缟堇裙，臂绕银花纱罗披帛，守在自己的作品旁，配合参观者拍照。隐隐约约，余光里踱入一个瘦高的身影，和人群保持距离，驻足，徘徊，离去，不一会儿又回来。什么人这么有耐心？是场地工作人员吗？还是熟人？问号零零星星冒出头来。终于，旁人散去，那个身影款款而至，朝我微微颔首，开始细看我的画。我偷偷观察他，钩卷云编结的褐发下，鼻梁高挺，耳郭干净，浓密的睫毛盖住玄珠般灵动的瞳孔。我见过他吗？他是做什么的？今年多大了？有女朋友吗？住在哪里？……越来越多不争气的问号悄无声息、不受控制地往外蹦，搞得我尴尬不已又不知所措。我像被催眠了，直到他望向我，我才回过神，来不及收回目光，只得硬着头皮问候："欢迎造访！请问你是……"刚和一位报社记者交谈完，我的语气还保持着郑重其事的惯性。

"你的新粉丝，"他指了指画面正中挂着露水的青蛙，"这是中国的青蛙吗？"

我一阵心虚，由于画展缺乏中国元素，我被主办人员拉来救场，没有足够时间完成命题作画，只能搬来旧作充数。好在全球各地的青蛙乍看大同小异，为岔开话题，我急中生智，连答三个"是"后，给他讲起我养蝌蚪的故事：我从暴雨后临时形成的水洼中救出过80多只蝌蚪，养在后院的大缸里，定期换水，并投喂鱼食和煮熟的莴苣叶，几周后，它们陆续长出前后腿。可惜的是，它们在一个我出城参加画展的周末全部消失，不知道是完成蜕变跳走了，还是被捕食者吃掉了，我最终没能看到它们长大成蛙的样子。

"真了不起！你怎么知道它们是青蛙的蝌蚪，不是蟾蜍的蝌蚪呢？"

"为了弄清楚它们会变成什么，我查了好多资料，最后根据外形特征推断它们是某种树蛙的蝌蚪，还攒了个顺口溜：青蛙蝌蚪喜阴凉，形不规则有圆方，身嵌花纹尾如旗，眼生两侧视力强；蟾蜍蝌蚪嗜阳光，体色如墨尾细长，形如钻石易识别，双目置顶身体壮。"

"太神奇了！"他惊叹，紧接着压低音调，"你知道吗，我也养蝌蚪……"

"真的？"

"我的蝌蚪是世界上最大的蝌蚪，名字叫 Otamatone。"

我扑哧一声，笑跑了所有紧张。Otamatone 是日本一家玩具公司发明的电子合成器，形似八分音符、汤勺，但人们喜欢叫它"电音蝌蚪"。演奏者需要用一只手的手指上下滑动"蝌蚪"尾部的带状控制板，另一只手捏开"蝌蚪"头部的嘴巴，让它发出抑扬顿挫、令人忍俊不禁的哇哇声。长期以来，人们视其为儿童搞怪玩具，直到 2021 年的西班牙达人秀上，它才迸发潜力，大放异彩——来自马略卡岛的音乐家胡安霍·蒙特塞拉特用它演奏了一曲《今夜无人入睡》，技惊四座，令评委落泪，观众沸腾。

"那……你弹得好吗？"得知他留学来美，正在校攻读计算机和电气工程双学位，拿过专利，对科技时尚洞察秋毫，我撤回方才的惊讶：怪不得他会在电音蝌蚪问世不久之际，受众寥寥无几的情况下，弄一只来"饲养"。

"我还在练习，如果左右手配合不好，'蝌蚪'很容易出现断音、尖音和不必要的颤音。"他咧嘴一笑，唇如激丹，齿若齐贝。

"不过，要说真蝌蚪的话，世界上最大的蝌蚪出身于美洲牛蛙家族。"我伸手给他比画，"喏，这么大。"

那只蝌蚪现身于亚利桑那州的奇里卡瓦山，没人知道它的年龄。大部分美洲牛蛙的蝌蚪态会持续两到三年，其间体长不超过 7 厘米，而它体长 25.7 厘米，仅仅头部就比成年牛蛙大。人们叫它"歌利亚"。传说中的歌利亚是巨人，骁悍、果烈，代表非利士人讨战以色列，殒命于大卫王刀下。而现实中的蝌蚪歌利亚是巨婴，温和、柔软，安居在美国西南研究院的水族馆里，有享用不完的藻类。它的天敌是自身，一座无望挣脱的牢冢，甲状腺激素和生长激素的紊乱导致它无法蜕变成蛙，又无法停止生长，直到呼吸和循环系统不堪承受激增的体积，它将被命运的魔咒赐死于初生时的形态。

"可怜的歌利亚。"听完我的介绍，他皱眉。

"其实永远长不大也挺好的。"

"可它体会不到做青蛙的乐趣呀！……对了，给你看个好玩的。"他掏出手机，找到他跳伞的照片：模拟海洋的苍穹中，他紧裹深灰色连体跳伞服，银边护目镜里闪烁着一排六角形光晕，滚滚白云托起他舒展的四肢、结实的胸腹肌和朝镜头竖起的右手大拇指，"你说，我的姿势像不像青蛙？"

星虹纤绕，冰华播馨，宝石蓝的基调渲染着失重诱惑……我神游在弥漫天堂的潮汐声中，忽闻广播召唤："各位游客，表演开始了！印度彭戈拉舞，在正门外的草坪上！"

"咱们去看表演吧！"他说。

"可我要站台……"我话音未落，左手已被他拉起来往前拽，双腿不由自主迈开，交错后蹬，跟着他跑出展厅，奔向草坪。两侧静默的艺术品和喧闹的人流隔着披帛飘展的烟光，向后快速飞去。前方高台上，一群身披纱丽、足佩脚铃的舞者在激昂的鼓声中五彩斑斓地旋转，我脑中一片雾蒙蒙。

"你也来了啊，这位是你女朋友吗？"逆光中，有个男生远远朝他挥手，声音大得吓人。我怔住了，想甩开他的手，却被握得更紧。

"我希望是啊！"他用更吓人的声音回答，然后转头看着我。他的目光把我包围了，我的眼神无处着落，垂下一秒，左顾右盼一秒，又被他的脸吸引回去，和他对视一秒……我不确定是否坠入瞬间失忆，又或者正在经历一场梦。

像柳叶滑过手腕，一阵酥痒，我低头一看，编绳手链断了，掉在草坪上，蜷成一条蝌蚪。他俯身捡起，仔细查看断口，然后照着其余部分的编法开始打结。他的手指有条不紊地舞出隐形弧线——不愧是键盘的好搭档，无论是电脑键盘，还是乐器键盘。几分钟后，手链复原，他让我悬空手腕，为我戴好。他微凉的指尖触到我的皮肤，激起的电流从手臂蹿上双颊，令我喉咙痉挛，气息卡壳，只听他笑道："你看，如果你一直是蝌蚪，就遇不到我这位青蛙王子了！"

"那又怎样？我认命！"慌乱中，我不知如何还击，想增加思考速度，可增加的，只有音量。

"你需要改变，"他的语气不容置疑，"如果你做我女朋友的话。"

蜉蝣

熙春的魔力从生龙活虎的氧气分子里散发出来，钻进灵敏的鼻子，清香袅袅，解锁伊甸园的味道。他的校园里有一座湖，几乎每个周末的下午我都去找他，和他沿着湖岸走。水面上、树枝上、路灯上、站牌上、倒悬的阳光上，总蒙着一层毛茸茸的灰尘，不对，它们会动，会飞，飞起来轻盈，晶莹，膜质丝绣的花瓣纷纷打开，跃出成百上千迷途的仙子，纤腰楚楚，衣袂翩翩。

"好多小虫啊！"他放慢脚步，拉长副词音节，扬起松烟墨染过似的剑眉。

"蜉蝣。"我说。

Mayfly，蜉蝣的英语直译是"五月蝇"，它们在深冬孕育，盛春破茧，让发芽的阳光把薄翅绘成教堂的彩窗，拥抱生命巅峰。由于羽化时间集中，蜉蝣大军所到之处遮天迷地，曾被气象雷达误断为积雨云。其实它们的卵很脆弱，经不起微量环境污染，科学家常靠蜉蝣卵的存活率初步判断水质。也许能够毁灭它们的，只有人类。

它们是否谙晓人类的威胁和自身的囊钥？作为朝生暮死的代表，成年雄性蜉蝣可活大约两天，雌性不足 5 分钟。它们必须把每时每刻用来交配繁殖，所以无暇进食，口器退化如虚设。也可以说它们持有无法进食的"速通卡"，得以提早觐见死神。何为因，何为果，除了造物主，没人知道。

我们所知的是，如此短命的生物拥有着极为悠久的历史。它们出现在西汉哲学著作《淮南子》中、亚里士多德的《动物志》中，以超过三亿五千万年的进化历程，呈现出独特精湛的生命艺术：从卵到幼虫，从水到空中，从普广爬虫类的泥色身躯，到流彩镀膜的长腰、细足和网纹翅脉，并在 48 小时内留下少则 400 多达 3000 个后代，高度吻合了美国作家威拉德·莫特利的爆款名言："活得快，死得早，遗体也美好。"人们对其贬义的理解是及时行乐，今朝有酒今朝醉。褒义的理解是活在当下，把每天当作世界末日来珍惜。

"蜉蝣掘阅，麻衣如雪。心之忧矣，于我归说。"听我解释完有蜉蝣登场的《诗经》，他告诉我，上周一家当地知名公司的首席技术官到他们学校演讲："首席技术官是我们校友，17 年前本科毕业，步步为营，孜孜不倦，从基层做到顶端。他的奋斗史让人血脉偾张，"他双拳紧握，双眸生辉，"青春太短，不容感伤，若有心拼搏，梦想便是归宿。我要像他一样！"

"加油！我相信你有这样的能力。"我言由衷发。

"你以后要做什么样的人呢？"

"我？做普通职员就行，上班认真工作，下班开心画画。"

"仅此而已？我们要有远大抱负，要有蜉蝣一样只争朝夕的冲劲。"

"可画画是我的抱负啊。"

"画画不够远大。结婚前你可以随便画，结婚后就不能不务正业了，要尽快成熟起来，聚焦家庭。"

"画画和持家不矛盾。你要是认为画画不务正业，干扰婚姻，那我就不结婚呗。"

"不行，人必须结婚，你必须结婚。"

"我需要自己的空间。"

"一结婚你就不会这么想了，两个人形影不离才幸福。和我一起挑战极限吧，在我们老去之前，除了跳伞，我还喜欢冲浪、帆船、潜水……你不愿意尝试吗？"

"我只喜欢画画。"

"你必须改变。"

"改变你个头！"

"哈哈哈哈哈……"

交谈在插科打诨中旋复回皇，我与他的差异初露端倪。他试图同化我，而我的妥协有限度。似有若无的底噪令我不安，即使它可以被交响曲开场的激昂澎湃所掩盖，也躲不过随之而来的慢板乐章。我尚未恋爱，但目睹过旁人恋爱，无论浪漫源自海啸还是涟漪，共享序曲的赤心往往过于乐观，低估了某些音符对琴瑟和鸣的破坏力，那些音符不会消失，只会随着感官沉浸度的降低愈显刺耳。

当悠长悠哉的童年画上句点，蜉蝣立刻进入履行物种繁衍使命的倒计时，口部功能的丧失，使它们的成熟期达

192

到真正意义上的高效。人类不同，人与人之间的熟悉程度依靠交流，缺乏对彼此的了解，我们甚至难以启动孕育后代的程序。理智为情感所设的障碍使人性复杂，尽管从宏观上说，我们并不比蜉蝣伟大。

蜜色曲线托起半透明的翅膀，几只蜉蝣像嵌着星光的碎羽，悄然飘落在我肩上。他轻轻挥手为我驱赶，小精灵们跳着舞，掠过他近得有些恍惚的眉脊。突然间，我无法控制声带振动，一个期待的声音跳出来，操纵深扃固钥的我收起不祥的直觉："带我去海边看看吧，等你放暑假的时候。或许，我可以尝试突破自我。"

水熊

然而，期待仅限于期待，瞬间迸发的胆量终究没能战胜挥之不去的直觉。

墨西哥湾的橙子海滩没有橙子，只有风，全力全速的风全方位切割他充满煽动性的话音，扰乱了我的听觉。我张开双臂，尽量保持身体平衡，在脑中还原此地被柚子树和蜜橘树短暂占据的旧貌，以屏蔽他为我规划的海市蜃楼："嫁给我，跟我回到我的出生国。咱们白手起家，风雨同舟，开创新生活。当然，你要学会说我的方言，做我

193

的家乡菜，穿我们的传统服饰，信我们的宗教……"

他的唇齿开合有序，我的神思聚散无常。此刻，我们脚下，茫无涯际的深蓝色异域里，游弋着许多微小透明的缓步动物，它们长得像八条腿的熊猫，体型浑圆，面如扁盘，口似猪鼻，因而得名"水熊"。水熊温和笨拙的外表下，蕴藏着令人望而生畏的不死术——隐生，也就是在恶劣环境下进入新陈代谢暂停的状态，直到局势转危为安。低温、高钠、缺氧、脱水、辐射……没有任何攻击对它们来说是致命的。它们身处绝境依然淡然，甚至能在外太空幸存，只需将身体蜷成小桶状，收缩背侧甲片间的弹性角质层，便能够使生命静止，延迟衰萎，抛却尘俗烦怨。

"今天的风太猛了，不适合水上运动，"他叹了口气，转头问我，"你为什么不说话？"

"我在看海。"

"不对，你有心事，别瞒我。"

"没瞒你，我只是在看海。还有，再和你说一遍，我不跟你回家，因为我不答应做你女朋友。"

"为什么不答应？人不能做井底之蛙。你不知道舒适区外的天地有多精彩，有一天你会后悔。你必须改变。"

"你知道吗？你让我想起水熊，"我打断他，"一种生命力极强的多细胞动物，英国音乐家科斯莫·谢尔德雷克在《水熊之歌》中唱道，如果我变成水熊，我要离开灌木丛，凭超能力赴汤蹈火，哪怕肝脑涂地，也要夺下王座。"

他一愣，旋即拊掌大笑，连声感谢我对他的精准定位。去听听这首歌吧，很短，却很有意境，我没笑，一字一顿对他说。他当即答应："好，你说的话，我一定照做！"

强压向来让我气馁，尤其是从天而降的豪情催生的恐惧，不但不能激起我的斗志，还会鼓动我加速撤退。所以我择友乃至择偶的底线，是对方不要干涉我的自由。有的人，与其初战足以点燃星暴星系级的璀绮，奈何再衰三竭，等到绚烂冷却，唯剩骸炭狼藉。比起冲撞后渐行渐远的相交线，我向往近距离的平行线，并肩齐驱，互不干预，静水微澜下，自有熔岩深藏，汩汩流淌亿万年。

"你为什么不说话？"片刻后，他再度问我。

"我在看海。"

"不对，你有心事，别瞒我。"

"没瞒你，我只是在看海。"

"你的表情不对，看海应该欢呼，可你连微笑都没有。你在想什么？"

"看海可以有各种表情。你真想知道我在想什么？我看浪的形状，有的像裙摆，有的像扇面，有的像蛋糕层叠的花边……波峰浪谷里有没有大自然的谜语？谜语里有没有水熊的一席之地？是怎样高超的智慧，让它们学会了抓牢花粉飞上树梢，扎进土粒潜入湖底，搭蜗牛的顺风车探索陆地？它们仅有简易的神经系统和大脑，却懂得以拥抱示好。它们小巧的身体里有巨大的秘密，令人好奇，也令人敬畏。"

"唉，你怎么满脑瓜都是不切实际的东西？"他以180度转幅不住地摇头，"你不觉得，你应该想想今年要实现什么目标吗？比如自学考证、涨薪升职、孝敬父母、恋爱结婚……光阴不等人啊，你必须改变。现在，告诉我，你在想什么？"

提问，回答，答错，纠正，重新回答，继续提问……无休止的审讯式对白成为我们交流的定式，我身心俱疲，他乐此不倦。他坚不可摧的大悲大喜中，无处安放我的不悲不喜，所以他容忍不了我的沉默，哪怕短短几秒，也要厘清我的脑电波。我的思维跳跃性很强，像杂乱无章的诗句，上一秒是雏菊，下一秒是毛绒玩具。有时候我自己都无法回溯思绪，却要在他怀疑套着怀疑的逼问下，原音重现我的内心。我不仅要花大量精力说服他相信我所想，还要听他分析我的每处不寻常，并向他保证改过自新，我的任何反驳都会触发他的新一轮说教。我不善辩论，只能靠妥协的方式结束话题以节省时间。他的细心曾那样强烈地支撑着我的耐心，如今却将其步步瓦解。我开始回避与他见面，忽略他的来电，回复他信息的速度显著减缓。我躲进画室——我与世隔绝的保护仓，一幅接着一幅作画。很快，他发现了我的敷衍。

"我到底怎样才能改变你？"听筒那端，他近乎乞求的低吼里，泛滥着焦急至极的无可奈何。

于是我知道，他并没有听《水熊之歌》，从初识至今，我只求他花 4 分钟听一首歌，那里面有我对他花几个月说教我的回应。他以为他懂我的意思，却不知自己无异于只浏览新闻标题和导语的报刊读者，永远看不到歌词后半段的转折："就算我是水熊，我也只想待在灌木丛中，依偎着属于我的小小苔藓，穿着暖和的袜子，柜子里有威士忌便足够。"能力不是丈量野心的标尺，隐生也非任何水熊所具备。比如，水生水熊遇险，只能靠连续蜕皮的方式来缩小体积、减缓新陈代谢。它们无法进入隐生态，生命力注定不及陆生水熊强大。即使群体同源，个体亦存差异，你有挥霍才华的资本，我有珍惜财富的权力。我恪守的信条"圭角不露、养精蓄锐"从不求你跟随，只求你理解，而通常，理解比跟随更难做到。

希望碎得太快，来不及发出悲鸣，它一路直达失望，拒绝进入心理阈值缓冲带。谁让水熊的世界非黑即白？它们的视觉器官只能感光不能成像。此时此刻，那对缺乏晶状体的、杯盏状的色素细胞里，正盛满谁也看不见的泪。

水蛭

转眼，转年，没有人转念。学业结束，他无心逗留，毕业典礼次日便乘航班返回故国。手握梦寐以求的入职录取通知书，他迫不及待大展宏图，并和我约好保持联络。一年后，他荣升经理，又过一年，晋升部门总监，紧接着，他发来他的婚礼照片。高饱和度、高对比度、高像素的画面里，溢满珠歌翠舞的回响、金碧辉煌的华光、山珍海味的浓香，他挽着娇鬓盛装的新娘，走向水晶灯下鲜花簇拥的舞池，摆好优雅起步的姿势——预告片结束，王子和公主从此过上了幸福的生活。

他用两年实现了普通人十几年也未必能实现的职场飞跃，他的婚期，恰好在我们初遇的季节。那个季节，他曾对我说："你一日不答应我，我便一日不娶，我等你十年，二十年，五十年，等你一生一世。"彼时的刻骨铭心、涕泗交颐，如今看来多么讽刺，更讽刺的是，他在一封来信里，写错了画展的月份。倒也不必苛求，蜉蝣浓缩了精华的时间轴上，密集的单位刻度挤不下久远的记忆。幸好处于不同频段的我终未动摇，若我违背直觉与他结合，将是对他与对我的不负责。他值得拥有一位与他同步调的伴侣。

后来他不再给我发信，我不介意，也无权介意，唯有新年致以简单祝福。他的回复更简单，拷贝粘贴我的文字，然后把句末的叹号换成省略号。省略号越来越长，一个接一个的断点，断过似水流年，断断续续，八载过去，他发来最后一封信的时候，我正在读爱伦·坡的《凹凸山的传说》：贝德尔奥耶先生从凹凸山远足返回后患上风寒，在接受水蛭局部吸血治疗时，被意外混入医蛭的毒蚂蟥袭击右侧太阳穴，当场毙命。离奇的是，他的灵魂在之前的远足中，穿越回 1780 年印度圣河河畔的蔡特·辛格叛乱现场，附身在死于右侧太阳穴中箭的战士奥尔德贝体内。后来，人们从二者姓名拼写顺序的神秘关联中发现，贝德尔奥耶先生是死而复生的奥尔德贝。

死亡，还魂，巧合，宿命……尚未掩卷，指尖已浸染忐忑。我平复呼吸，打开他的邮件——出乎意料的一大篇，结构凌乱，措辞草率，有些像醉酒后的梦话，我不得不读得很慢，读懂了语意清晰的几段：

"你还好吗？画了什么新作吗？

"我妻子睡着了，她和我吵了一天一夜，终于熬不住了。我还有两小时上班，就不睡了。这些年，她越来越爱吵架，我每个月要专门请假陪她吵，她都嫌不够。这次她发火，是因为她给我打电话的时候，我正在会议室给员工演示项目规划，没接到。

"本不想和你说这些，可我好压抑，除了你，我无人诉说。

"我和她一见钟情，像当年遇到你一样，你的画吸引了我，她的舞吸引了我。你们名字的发音非常接近，有一刻，我以为她是你的分身……但是她比你听话，什么都听我的，我说结婚后要收心，她便不再跳舞。她学会了我的方言，换上传统服饰，给我做家乡菜，改信我们的宗教……她做出的牺牲让我感动，可以说，她为我放弃了她原有的一切。我觉得自己是世界上最幸福的人。可渐渐，我不快乐了，当我消灭掉她除我之外的全部关注点后，我感到自己被钳制了。她像带静电的塑料袋一样黏着我，让我透不过气来。我本以为相爱等于形影不离，可没料到形影不离是如此恐怖，如果我离开她视线，她会每隔几分钟给我打一次电话，如果我不接，她就一直打，打到我手机耗尽电量关机，再见面就是咄咄逼人的质问、荒诞无稽的怒斥、歇斯底里的哭号。她掌控我的行踪，我在家必须用座机打电话，她在旁边监听。她在我的手机里设有定位追踪，月月检查我的通信记录，并逐条盘问。除了上班，她不许我单独外出，包括购物、寄信、看病，和朋友聚会、打球、登山，更别提去海边，她甚至不许我出差、上夜校进修、陪客户吃饭。我不仅失去了社交圈、个人爱好，还丧失了很多机会。从结婚到现在，我的事业毫无起色，我早就破罐破摔了，只望不遭同僚陷害，不被公司裁员。

"她曾经很安静，和你一样安静，如今她从早到晚喋喋不休，问我在想什么，为什么这么想，这么想是不是因为不爱她了。我告诉她我爱她，她不信。我说她，她吼我；我吼她，她求我。闹得凶的时候，家里的易碎品无一幸免。她折磨我，又依赖我。我精疲力竭，仿佛行尸走肉，无时不想摆脱现状，又无时不深深自责。我毁了她，却救不了她。我愧对于她，所以不能置她于不顾，可这样下去，早晚，我的血会被她吸干。

"不要回复这封邮件，千万不要，我点完发送键就会删除它。她和我共用邮箱。我知道我在冒险，可我痛苦不堪。其实我不了解她，也不了解你，因为我不了解我自己。我自私，又盲目自信。你的脚步比我慢，但足迹不比我浅。你能看到平静水面下的潜流，也许那是危患。那天看新闻，我看到你在画展上接受采访，你画的鸟儿很漂亮，眼神里有别人画不出的天真无邪、无拘无束……我想起你给我讲过的歌利亚的故事。请不要放弃画画，即使有一天与我失联，记住，我依旧是你的粉丝。……唉，多希望生命就此终结啊！"

我很久才从震惊中恢复，若非词句中对我的熟悉程度，我压根不相信这封邮件出自他手，尤其是信末悬绕的厌世，完全违背他的性格。有什么办法可以从侧面获悉他的近况？我搜索到他的社交网页，发现账户已变为非活跃状态——好友列表清空，照片动态失踪，连头像也重置为平台默认的灰色几何图形。这些年到底发生了什么？他现在在干什么？他的一面之词，是澄思渺虑的暗示，还是一时兴起的抱怨？我胡思乱想，如坐针毡，为了遏制一探究竟的冲动，索性推开电脑，跳上沙发做了一百多个仰卧起坐，累得气喘吁吁，满头大汗。

我平躺着，盯着光秃秃的天花板，一遍遍告诉自己，我的担心和关心无望缓和局面，只会节外生枝。他说自己痛苦不堪，或许痛苦不假，不堪未必，至少他还可以表达。他忘记过对我的许诺，也会忘记对自己的诅咒吧？但愿我多虑，但愿我是他不屑多虑的情绪垃圾桶。毕竟淡漠多年，他的过往，我无据批判，他的近况，我无权发言。只是，为爱情不设界限地付出究竟意义何在？或许，付出者视付出的过程为收获，单纯享受不断付出的过程吧？而付出者与获取者应该怎样相处，才能使亲密关系趋向互利而非互害？自认为不具备付出者的勇气和获取者的霸气，我不敢妄断。

　　饥饿的水蛭抻长身体，左摇右摆，向各方探路，它动用头端和体节的感受器搜集信息，不放过微弱的水波和光照。锁定宿主后，它用尾部吸盘固定自身，收缩咽部肌肉，探出三瓣锋利的半圆形颚片，切开宿主皮肤，留下大写字母"Y"状的吻痕。它从不释放麻醉剂，但宿主不觉得痛，等到发现，为时已晚——吸血量惊人的水蛭，已经完成了令它增重数倍的畅饮。宿主气愤，却不忍责怪它，因为它与他的关系太密切。从古希腊、埃及、日本、中国，到欧洲大陆，水蛭穿梭于医书，辅佐于医术。风靡中世纪的放血疗法令人们迷信水蛭包治百病，并以灭族的势头对其疯狂捕捞。至今，水蛭唾腺中的水蛭素仍是最有效的天然抗凝剂，用于治疗血栓、高血压、肿瘤等各种疾病。这种样貌可怖的环节动物让人反胃，也让人饮惠。爱恨交织，大概是人类对水蛭最贴切的感情。

　　雌雄同体，异体受精，水蛭擅长角色转换，只是转换的结果不可预测，不可控。倘若它变成了对方喜欢的样子，对方却从中看出了不喜欢，那么它们能否成功结缘？

倘若它变成了对方不喜欢的样子，对方却从中看出了喜欢，那么它们能否冰释前嫌？倘若它固执己见，对方情随境变，那么它们能否在未来某个瞬间，感到恍若初见？他还留着那只电音蝌蚪吗？他还能复述青蛙蝌蚪和蟾蜍蝌蚪的区别吗？他还会修编绳手链吗？旧时点滴像彩色水珠般幽幽浮现，恍若昨日，恍若隔世。假如隐生机制能在那一刻启动，且永不解冻，那么我和他的故事便有了童话式结局。想起多年前，闺密翻看我和他在画展上的合影，夸张地叫："这是谁啊？真帅！你俩看着挺般配的，怎么没成呢？"有些人，不是别人看起来合适就合适的。即使，你喜欢我，我也喜欢过你。即使，我愿意为你改变。

后来，我在地下室的旧纸箱里，找到了存储合影的移动硬盘。由于受潮加之久置不用，硬盘损坏，数据无法读取，也无法修复，只剩落单的磁头在磁极迷宫里徒劳感应，发射出断裂的、微弱的失效脉冲——泡沫碎进沧海，霰雪飘入尘埃，纵有万般劭美，一如不曾存在。

Postscript

跋

与君夜行

我没有告诉你，我正在来看望你的路上
因为我知道，你一直在那个
睡满了紫罗兰的地方
你的身体离我只有几英里远，你的灵魂
却在最后一道晚霞外，独自流浪

我来看你，看到的全是记忆
你的声音交织在风的咒语中
扫过流萤闪烁的草地
你操纵着银杉树高高的枝丫
让它们朝着薄雾中的半个月亮，挥舞手臂

挂满泪珠的海星会化成雪片
坠落的彩虹，是被恐惧包裹的蝴蝶
我在花香中触摸碑文，像不知不觉
在结雾的窗户上，画出你的名字

我希望哲学
可以填补科学与神学间的空白
这样，你就可以听见我的耳语：
"你来了，你是我梦的全部
你走了，我全部的梦是你"

我希望光合作用
可以把我的心变成一片枫叶
这样，你就可以把每一小块的我
吸进你的反物质世界

旋转木马起起落落
风铃晃动着贝壳的轮廓
耳边飘过
第一滴露水的歌声：
"你本不必，以死去的方式离开我
停在原地，你便已经起程"

我无法抹去从前
也无法回到时间的起点
我像一颗被精细切割的祖母绿
厌倦了自己的每一张脸
只有你可以摘掉我所有的面具，唤醒真正的我
但你，已不在身边

带上我的祝福，在我与你道别前
眺望无限的时空，你依然是你
而我，正在不可逆转地
被轮回的日出改变
我离你越来越近，终有一天
我会走进你的庭院

到那时，请打开门，留给我看你一眼的时间
让梦境反转，光线湮灭
是的，你是我的倒影，我思维的镜像
我唯一的期望，是从你眼中，找回昨天的自己
颠覆往事，重置
人生的磁场

　　曾以为思念的极致是将情感倾注，哪怕耗尽余额，也要冲动赊欠。后来我明白，思念的极致是不敢支付一分情感，因为任何与思念相关的线索，都会使神魂一触即溃，星落云散。

　　经历过期待的思念，道不尽蝶怨蛩凄，唯望月满，越来越满，溢出掌心里微颤的听筒，听筒那端，母亲唤我乳名的声音正轻轻吹拂日历，预约下一个等我回家的春天。

　　经历过忐忑的思念，指尖敲碎的旧日，一段段跌出楠木相框，溅上眼角，仿佛断不了线的省略号，又仿佛石阶上斑驳陆离的菩提子，朝向五百轮缘分修来的鎏金梵塔默默祈福，为我远走高飞的小鹦鹉。

　　经历过绝望的思念，那个在我心里种下苹果树的人，不等我献上酿好的西打酒便绝尘而去，于是根朽枝枯，画脂镂冰，比谎言更美的废墟将我秘制的泪，连同本应迈出却没有勇气迈出的第一步，封入七级浮屠。

　　多想自我麻痹，回到无忧的从前——从前，母亲口中的摇篮曲像一只杏黄斑纹的小猫，它蜷缩在垂丝柳下，宛如颈窝里睡着的羊脂玉，醋呼出温润安宁的气息。我的梦越来越沉，压弯了树梢流动的云隙光，琴弓悄然擦过，蜜色温度便渗出熟透的琼乳。可惜，缓歌的悠扬无关悠长，小猫苏醒后，金鹊镜里的圆月亮已经披好红盖头。时间的睫毛上也挂满摇摇欲坠的露珠，如疏韵繁朵，缤纷坠落，聚成催妆诗、甜到发苦的花雕酒，聚成霞影呵护的清袅虹泉，吻不平母亲眉间欲言又止的皱纹。小猫走失了，脂粉牵着音符随风飘逝，空屋里，仅剩一团执而不化的香气。

芳馨迷蒙中，我就这样长大，目睹一个又一个我难以放手的挚爱，已经，正在，或终将离我而去。我伸出双臂向虚空索求，抓住的唯有文字。笔画万箭穿心，为命运文身缱绻决绝的词句，它们杂乱无序，称不上诗，却要我止不住地写，只为重读时，与重生之爱短暂重逢——若回忆尚在，至少回忆中的你尚在，我，便知足。